迷局

謀殺時間

Puzzle

Killing Time

一幅承載著百年歷史的畫，同時也隱藏著改變三代人命運的詛咒。
詛咒選擇從一場謀殺開始，可是，沒有以一場謀殺結束。
復活的思想不僅僅實施著詛咒，同時也策劃著這一場罪惡的迷局。
被謀殺的不是人，而是時間，見證謀殺的不是時間，而是人。

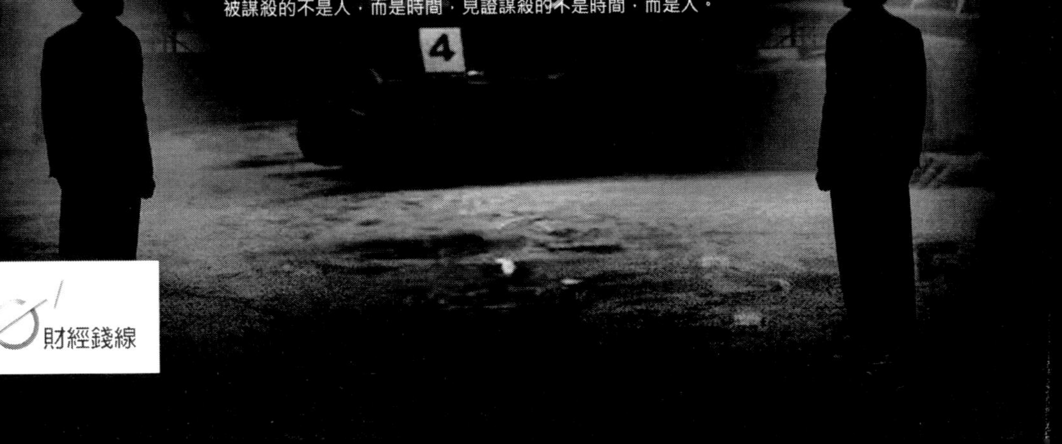

財經錢線

目　錄

第一章

我關掉了那盞來自人間的燈，
打開了另一盞開啓地獄之門的燈。

我把自己放在黑暗裡，放在這個黑暗的房間裡，只留了一盞燈，這盞燈的光束，直直地射在那幅畫上，除了這束光，房間裡再也沒有其他的光源了。不是因為我喜歡黑暗，而是為了可以更加專注地看著那幅畫，摒除所有的干擾，只看著那幅畫。

我坐在那幅畫的正前方，直直地盯著它，甚至連眼睛都舍不得眨一下。

「今天去醫院了嗎？」

「沒有。」

「吃藥了嗎？」

「沒有。」

「吃飯了嗎？」

「沒有。」

通過電話向我噓寒問暖的是劉小沫。我的回答依舊平靜並且冷漠。不過，我並沒有說謊。

整整一年了。我記不清楚去了多少次醫院，也記不清楚換了多少種藥，唯一能記清的是醫生每次看見我時那種奇怪的表情，當然，還有那個重複了不知道多少次的自問自答式的問題。

「奇怪，一點好轉也沒有，反而還在加重，這到底是怎麼回事？沒辦法，也只能再換一種藥試試了。」

所以，我已經厭倦了這種把希望完全寄托在更換藥物的治療上，當然，吃藥也就變成了一件可有可無的事情了。

「不吃藥就算了，飯總得吃，我等會兒過去給你做。」

劉小沫早已習慣了我的冷漠，而我，也早已習慣了她的熱情。

「不用了，我很忙。」

「忙什麼？」

「看畫。」

乍一聽，我給出的答案是一個徹頭徹尾的敷衍。不過，這個世界上如果只有一個人明白我這樣的回答並不是敷衍的話，這個人一定就是劉小沫。

「如果再這樣繼續看下去，你的病只會越來越嚴重。」

劉小沫的聲音有些激動，更多的是無奈。

「是嗎？這不是正合你意嗎？別忘了，你才是這幅畫的主人。」

我已經沒有興趣再繼續聽劉小沫說下去了，果斷地掛了電話之後，重新把目光和思想都放回到眼前的這幅畫上。

這個已經被黑暗占領的房間，原本是我的家。現在，可以說它是囚牢，是病房，是一切集合了恐懼和不安的地方，唯一不能再用來定義它的詞語就是家，至少，不再是我的家了。

這樣的改變，只有一個原因，就是這幅畫。

可以容納這幅畫的地方，已經不再是人間，更何以談家。

房間裡唯一的光束還持續地照在被掛在牆上的那幅畫上。時間，濃縮成一筆筆勾描、一抹抹色彩，真實卻又無比虛幻地被記錄下來。也許誰也不會相信，這幅有著近百年歷史的畫，會如此卑微地懸掛在我這樣一個死後就不會再被人提起的小人物家裡。

我，看著這幅畫，心裡被一個問題填滿：它，就是我的死因嗎？

一副出自近百年之前某位畫師之手的畫作，一個正活在近百年之後的我，這樣的相對，可以說是完美地詮釋了尼採的那句話：

「如果閣下長時間盯著深淵，那麼，深淵也會同樣回望著閣下。」

沒錯，這幅畫就是我的深淵，每時每刻都死死地盯著我的深淵。我無法擺脫，因為，畫中，的的確確有兩雙眼睛，兩雙死死盯著我的眼睛。

這幅畫記錄的是百年前一對新婚夫婦婚禮當天發生的故事。畫中的主角，是一對年輕男女。新娘站在畫面的左邊，雙手十指交叉，放在小腹前，手腕上空無一物，沒有手鐲，手指上也沒有戒指。新郎則是面無表情地站在新娘旁邊，簡單的長衫馬褂，有些異樣的姿勢，緊緊地貼在即將伴隨自己一生的女人旁邊，距離很近，卻看不出絲毫的情感。畫面的色彩不是本應屬於這個喜慶日子的鮮豔祥和，取而代之的是一種讓人看了就會從心裡向全身各個末梢神經傳遞寒冷的暗紅色，整幅畫都是以這樣的暗紅色為主色調。新人的衣服，四周少得可憐的那一點點紅色裝飾布條，當然，還有貼在作為背景的兩扇門上的喜字……所有紅色的東西，使用的都是這種像是已經凝固的鮮血一樣，讓人發寒的暗紅色。

我說過，這幅畫的主人並不是我，可是，我卻獨自佔有了這幅畫整整一年的時間。另外，在我佔有這幅畫的一年時間裡，它的主人，刻意地成了我的鄰居，時間也是一年。

我想再強調一次，這幅畫的主人應該是——

劉小沫。

不過，劉小沫對於這幅畫的歸屬問題，有一個不同的答案。她認為，這幅畫的主人應該是——

我們。

房間裡很安靜，安靜得只有我和畫。

「咔嚓！」

一個聲音劃破了這種安靜，儘管聲音很小，卻顯得異常的暴力和無禮，畫中隨處可見的暗紅色彷彿被這個聲音刺傷，詭笑著流出了殷紅的鮮血。

這個聲音來自鑰匙擰開房間的門鎖。

黑暗中出現了一個人，我依舊保持著剛才的坐姿，一動不動。

「如果你再學不會敲門，那我只能換一個門鎖了。」

諸如此類的話，在這樣的場景中，我已經記不清說過多少次了。其實我和她都很清楚，這樣的警告是永遠不會被兌現的。原因很簡單，如果我消失了，她必須在第一時間取走那幅畫。

我說的是，在這個世界徹底地消失。

在我消失後，取走這幅畫的人，只能是她。

劉小沫。

我並不質疑我會從這個世界徹底消失這個結果，不過，我卻不能確定，或者說不敢想像，當我消失後，取走這幅畫的劉小沫，也會消失嗎？抑或是……我不能確定，更加不敢想像。

劉小沫對我不可能兌現的警告也已經司空見慣，她沒有接過我的話茬，徑直走進了廚房，隨手關上了門。

房間裡又恢復了安靜和黑暗，只剩下我和畫。

為什麼？為什麼一幅原本記錄下人生大喜之日的畫像會選擇這樣的色調？不僅僅是和內容不匹配，更加是一種恐懼的傳遞，那如凝固的鮮血一般的暗紅色，甚至可以讓人清清楚楚地嗅到隱藏在畫卷中的血腥味。這樣的色彩也許不是來自人間。

不！它真真切切的不是來自人間。

不知道過了多久，我和畫單獨相處的時間又被打斷了。也許，時間並不是很長，也許，已經過了很久很久。我已經適應了與世隔絕的生活，在黑暗中，時間已經變得相當模糊了。

打斷這種詭異的相處氛圍的原因是，房間裡突然有了溫度。一碗熱氣騰騰的麵條和劉小沫端著碗的手阻隔在我和畫的中間。

我不得不把視線轉移向劉小沫，劉小沫也看著我，柔軟的眼神，像小溪一樣，一刻不停地滿懷著期望，期望可以流進我已經緊緊關閉的心。每當這樣四目相對時，我又何嘗不希望這股溪水可以流淌進我的心裡，只是，這樣的希望，也僅僅只是一個希望而已。

「吃點東西吧。」

劉小沫彎著腰，向我靠近了些。從她耳畔滑落的頭髮，輕輕地擊打著我的肩膀。

不知道從什麼時候開始，食物已經變成了我為了活下去而不得不面對的一項功課，也不知道從什麼時候開始，輔助我完成這項功課的人，只剩下了劉小沫。

我從劉小沫的手裡接過了碗和筷子，沒說一句話，也沒有再給她一個眼神。

在我接過碗之後，劉小沫轉身走向了房間的邊緣，打開了房間裡最亮的一盞燈，同時關掉了只為那幅畫服務的射燈。

燈火通明，頃刻間，劉小沫帶著我又重回了人間。

我不喜歡這種來自人間的真實感，燈光讓眼睛非常難受，四周清新宜人的空氣反而讓我覺得窒息。我下意識地用拿著筷子的手遮住了眼睛，好一會兒才慢慢適應了光線帶來的刺激。

「家裡什麼吃的都沒有了，你先將就一下。明天我去買些吃的用的回來，好嗎？」

劉小沫一邊說著，一邊搬了把椅子在我對面坐下來。她把說話的聲音壓得很低，動作也很輕，生怕製造出什麼多餘的噪音。她顯得小心翼翼——與其說是小心翼翼，不如說是謹小慎微。

我沒有回答劉小沫的話，只是低頭看著手中的那碗麵條。在她成為我的鄰居之後，這間房子裡的所有衣食住行都由劉小沫一手操持。儘管她口中說著家裡什麼吃的都沒有了，可是，我的碗裡卻非常豐富。當然，對於劉小沫這個地地道道的西安人來說，做出一碗美味的麵條並不是什麼難事。我想，她口中的「家裡什麼吃的都沒有了」，只是為了提醒我，生活必須要繼續下去。除此之外，還有一個重點的詞語也被我發現了，就是劉小沫所說的「家裡」，因為，她沒有用「你家裡」來定義我們現在共處的這個空間。

劉小沫等了一會兒，仍然沒有得到我的答復。她也沒有繼續追問，只是靜靜地坐在我面前，用手托著下巴，目不轉睛地看著我。

我早已經適應了在劉小沫的註視下干自己的事情。人與人之間的相處，形成的某種習慣是非常可怕的，而我和劉小沫之間，已經形成了很多的習慣。這些習慣中，有一種是發生頻率最高的，就是她註視著我，而我安靜地接受她的註視。

此時此刻，我的心，平靜得像死人一般，而劉小沫的心，我卻不知道是平靜還是波瀾。

「現在幾點了？」

小半碗麵條下肚後，我向劉小沫提出了這個問題。

「九點半。」

「早上還是晚上？」

這個問題不是故意找茬，我的的確確已經對時間很模糊了。

「晚上。」

「你應該回去了吧。」

「等你吃完，我收拾乾淨了再走。」

簡短的對話之後，安靜又重新占據我和劉小沫之間的全部空氣。我安靜地吃著麵條，她安靜地看著我。

不過，幾分鐘之後，劉小沫就主動打破了這種安靜，今天，她的行為有些異乎尋常。

「其實……」劉小沫有些吞吞吐吐的，似乎在下某種決心。

「其實……其實我想問問你，明天……明天你可以……你有時間嗎？」

我停下了手裡的筷子，抬頭看著劉小沫，這一次，她竟然主動躲避了我的眼神。從她閃爍的眼神和支支吾吾的語氣中，我立刻意識到，劉小沫的心裡，裝著一件關於「明天」的事，而這件事，還是一件我不可以敷衍的事。

「時間可以有，不過，要看是什麼事。」

劉小沫繼續低著頭，躲避著我的眼睛。

「明天，我想……我想帶你去見一個人。」

「什麼人？」

「不知道，不過，我覺得應該去見一見，我們一起去。」

「不知道？你覺得應該去見？我們一起？」

劉小沫的話讓我立刻有了這三個問題。在這三個問題說出口的瞬間，我心裡立刻就對這些問題都給出了答案，所以，在劉小沫回答之前，我又重新問了一個問題：

「是誰讓我們去的？」

這個問題讓劉小沫把頭壓得更低了。

沉默了一會兒，劉小沫突然把頭抬了起來，眼睛直直地迎著我的眼神，我知道，她下定決心了。

「我爸爸讓我們去的，他回來了。」

這句話，劉小沫說得字字鏗鏘。

這句話，帶出了一個像釘子一樣釘在我心裡的名字。

劉森！

這個名字足以讓我從椅子上彈起來。

「劉森！劉森回來了？」

一年的時間中，這句話是這間房子裡出現過分貝最高的聲音。這個聲音也足以掩蓋摔在地上的碗和灑了一地的殘湯剩羹。

「是，他回來了。」

劉小沫繼續直直地盯著我的眼睛，給了我一個準確無誤的答案。

看著小沫的眼睛，這樣的眼神讓我的心裡有了些異樣的情緒，這是一種說不清道不明的感覺。對於這雙眼睛，對於這張臉，對於這個加入我的生活僅僅一年多卻有著舉足輕重地位的女孩，對於這個無比虛幻卻又真真切切掌握著我的人生的女孩，我不知道應該怎樣應對她的眼神。

我慢慢地讓已經僵硬的身體逐漸恢復到一個正常的狀態，輕輕地坐回原來的位置，這一次，是我在躲避著小沫的眼神。

我低著頭，盡量把語調放輕鬆一些：

「小沫，我可以去見他。」

得到我肯定的回答之後，劉小沫沒有給出太多的情緒信號，只是站起身來，一點一點地仔細打掃著剛剛被我灑了一地的食物。

很快，房間裡、廚房裡都恢復了乾淨整潔，劉小沫又重新回到我的面前，安靜地坐著。

幾分鐘，也許是十幾分鐘的沉默之後，我看著劉小沫：

「你回去吧，我累了。」

「好，明天見。」

小沫的聲音非常輕，輕得沒在空氣中停留片刻。

我關上了被劉小沫打開的那盞來自人間的燈，打開了另一盞開啓地獄之門的燈。房間裡再一次只剩下我和畫。

或許可以說，只剩下停留在人間的我和一個即將進入地獄的我。

曾經有無數次，我都想為這幅畫確定一個適合它的名字，當然，也有過無數個詞語進入過我的腦子，但是，所有的詞語都被我一一否決了，不是因為這些名字配不上這幅沒有辦法確定是來自人間還是地獄的畫，而是，在它出現在我眼前的第一個瞬間，它的名字就已經被確定，而我，卻遲遲不願意，或者說不敢承認這個名字。

現在，我必須要做出這個遲到的決定，因為，劉森回來了，我相信，他一定帶回了一件東西，這件東西的出現，迫使我必須要讓那個名字像烙印一般印在我的腦子裡。

這幅畫的名字就是——

「冥婚」！

第二章

復活將從今夜開始，
我需要你來共同見證。

安靜，死一般的安靜，籠罩在這個空間裡，消亡一切的安靜。

我，把自己藏在這樣的安靜裡，是為了不讓自己發現自己的存在。

一束光，一幅畫，一個人。

三個最簡單的元素組成了在這個時間和空間裡的全世界，這個世界，也許會在人間長久存在，也許，會不知不覺地在某一個瞬間消失。

我點燃了一支菸，沒有品嘗一口它的味道，只是隨手放在了身旁小茶幾上的菸灰缸裡，任由那一點光亮一絲絲地撕毀著被紙包裹著、永遠沒有靈魂的菸絲，為的只是讓我和畫之間可以有一層薄薄的菸霧，一層薄薄的保護。

我看著這幅畫，這幅名為「冥婚」的畫，看著畫中男女百年前的臉，嘴角不知不覺中漾起了連自己都察覺不到的笑意。

很難想像，百年之前，這幅畫誕生的時候，會是一個什麼樣的場景。

一位年輕貌美的女子，經歷著人生中最值得紀念的一天，生活會在這一天改變，角色會在這一天改變，一切都會在這一天改變。我不知道，也想像不到，她的心裡，是興奮、緊張、不安還是恐懼。不過，她的臉上出奇的平靜，幾乎可以說是沒有一絲一毫的表情，這樣的平靜，似乎是在展示著一種與她的表情截然相反的，甚至可以說是極其強烈的抗爭，抗爭著此時此刻所發生的一切，抗爭著她生命中最重要的一天，抗爭著她所看見的卻沒有出現在畫中的某一個或某一些人。總而言之，她，正在與一切為敵。

當然，這樣的抗爭，都是因為站在她身邊的新郎。

而新郎——

只是一具屍體！

我繼續盯著這幅畫滿罪惡和血腥的畫，等待著菸灰缸裡那最後一點光亮消失。

很快，菸灰缸裡最後的溫度消失了，菸霧也在頃刻間徹底褪去，我完全暴露在房間裡的安靜中，喪失了僅有的那一點安全感。

我決定把今天就結束在這裡，儘管我不知道能不能睡著，可還是決定試一試。因為，明天還有一個重要的人，也許是幾個人在等著我，不知道他們會告訴我些什麼，會把我拉進什麼樣的泥沼，還有，不知道會不會有人提到那個一直縈繞在我們身邊的、從未散去的……

我輕輕地拉伸著肌肉，讓身體可以從坐姿轉為站姿。我盡量讓動作輕一點，不發出多餘的聲音，以免讓自己更加徹底地暴露，當然，我也非常清楚，房間裡，只有我自己。

突然，我不得不停止了動作。

雖然已經無比小心，但房間裡還是出現了一個不應該出現的聲音，這個聲音是如此的刺耳，幾乎可以跟二戰時期的防空警報匹敵。這個聲音讓我的心臟受到了一次重重的衝擊。

聲音來自我的手機。

與此同時，手機屏幕上赫然出現了一個陌生的號碼。

直覺告訴我——

故事，沒有給我準備的時間，就開始了。

我非常不喜歡房間裡出現這樣突兀的聲音，所以，未及多想，就接通了電話。

「喂。」

「王梓屹，你好。」

直覺告訴我，這不是推銷電話，不是詐騙電話，不是物業公司的問候，也不是銀行的理財通知。

這，就是故事的開始。

「你是誰？」

「對於陌生人，應該保持一點最起碼的禮貌吧，我向你問好，就算再不願意，也應該回應一下。」

這個來自陌生號碼的陌生男人從一開始就讓我建立起了足夠的防備和敵意，再加上這一段指責的話，讓我把他徹底地劃進了「敵人」的行列。

「對陌生人，不需要虛僞的禮貌，我最後問一次，你是誰？如果你不回答，我立刻結束這次莫名其妙的通話，我說到做到。」

對方沉默了一下，聽筒裡傳來的是幾聲呼吸聲，在這呼吸聲中，似乎還有著一聲嘆息。通過這一聲嘆息，我不難判斷出，他，對於這樣開始的對話，有些失望，並且，他想傳遞給我一種友好。

「我是明天要和你見面的人。」

短暫的沉默之後，他說出了這個情理之中卻意料之外的答案。

這個答案，也讓我瞬間繃緊了全身的每一根神經。

我把手機稍稍移開了一點，深深地吸了一口氣，感覺對方沒有察覺到我極力地掩飾情緒上的波動後，用最平穩的語調繼續和他對話。

「你和劉森是什麼關係？為什麼要和我見面？」

「準確地說，我是要和你們見面。」

他強調了「們」這個字。

我也在這個「們」字進入耳朵的第一時間就明白了，他的目標，是我和劉小沫。

「怎麼稱呼？」

我沒有繼續追問他和劉森是什麼關係，並不是我不想知道答案，而是，我知道自己根本不會相信他的答案。

「這並不重要，況且，我說了你就一定相信嗎？」

通過手機的無線電波，他就能清楚地感覺到我的懷疑，這種感覺讓我非常不自在，一時間，我有些語塞。

「冒昧地打電話給你，其實是有一件事情想提前跟你溝通一下。」

他沒有讓沉默繼續，直接進入了他需要的話題。

「好，你說吧。」

「我希望可以跟你見面，你和我，單獨。」

他的語調很謙和，甚至有些渴求的意味，但是，我仍然嗅到了危險的味道。

「我為什麼要和你單獨見面？」

「因為……」

聽筒裡的聲音停頓了一下，他似乎做了一個深呼吸。

「因為那個詛咒。」

他的聲音就像帶著一股電流，讓我的心臟瞬間就麻痺了。

那個詛咒！

我清清楚楚地聽見他說的是「詛咒」！

他說的就是那個一直縈繞在我們身邊，從未散去的

詛咒嗎？

請注意，詛咒縈繞的對象是

我們！

現在，可以確定，危險，已經不僅僅是我嗅到的味道而已，而是實實在在存在，在我觸手可及的位置，微笑著，等著我自投羅網。

經歷太多的出生入死，我知道，危險，是擋在真理之前的最後一道屏障，不過，這一次，我決定不再獨自面對這道屏障。

「如果我拒絕和你單獨見面呢？」

電話裡首先傳來的是幾聲笑聲，輕蔑的笑聲，然後，開始了一段極其不自然的沉默。

沉默一直在繼續，四周終於出現了我最適應的安靜，安靜得能清楚地聽見時間流逝的聲音。

我不想打破這種沉默，也許，此時此刻的沉默是給彼此一個最好的喘息的機會，不過，我不確定他是否需要這個機會。

沉默仍然在繼續，時間在流逝。

「你……」

對方結束了沉默，聲音冷得讓人發抖。

「你當然可以拒絕，我也不會強迫你，那麼，今天的通話就結束吧，明天見。」

我沒有做出任何回答，準備立刻結束這段陌生的通話。

「等等！」

在我準備按下掛斷鍵的瞬間，聽筒裡又傳來了聲音，這個聲音迫使我重新把手機放回了耳邊。

「有個問題忘了問你。」

「說。」

「難道在你那間布滿了黑暗的房子裡，除了你和那幅畫，就沒有別人了嗎？」

在我還沒來得及做出反應的時候，電話已經被掛斷了。

我的房間裡，屬於我的黑暗中，除了我

還有另一個人的存在？

我環顧四周，除了熟悉的黑暗之外，一無所有。

不過。

他的問題讓我想起了一個人，不對，準確地說，應該是一個鬼，一個在我的面前，我親眼見證由人轉變而成的鬼。

他生前沒來得及跟我說一句話，只是死死地盯著我、盯著我、盯著我……我知道，他希望在自己被拉進地獄之前，我可以站在人間，向他伸出一隻手。很遺憾，我並沒有像他所期望的那樣做，我只是站在人間，死死地盯著他、盯著他、盯著他……直到他被無法抗拒的力量，拽進地獄。不論他有多麼地不舍，多麼地留戀這個充斥著骯髒、誘惑、罪惡卻又無比美麗的世界，他都被無情地拽進了地獄。

也許，正是因為在人間的最後一眼，讓他清清楚楚地記住了這個世界的模樣，在他成為鬼之後，理所應當地重新回到了他記住的那個世界面前，也就是我的面前。我想，這也許是一種慣性，一種能量的隕滅創造出另一種新的能量，兩種能量之間，僅僅依靠著最後那一點微弱的慣性，互相拉扯、互相存在。

我不知道他的名字，生前和死後，都不知道，所以，我只能給它一個代號：

X！

不得不承認，我是一個親眼見過鬼的活人，換言之，X 是一個親眼見過活人的鬼。

看著手裡已經安靜下來的電話，剛剛從裡面傳來的問題，難道答案就是 X 嗎？

一秒鐘之後，我就否定了自己對這個答案的猜想。

原因很簡單，他的問題是「在你那間布滿了黑暗的房子裡，除了你和那幅畫，就沒有別人了嗎？」顯然，他的問題裡，最重要的一個定義就是——「人」。除此之外，在這個世界上，我是唯一一個確定 X 存在的人，絕無僅有。

那麼，他口中的「人」到底是誰呢？這個「人」是否此刻就隱匿在我身後的那片黑暗中？而我，是否正在被他用凌厲的眼神和藏在嘴角的一抹勝利者笑容所包圍呢？

或者是，他口中的「人」，只是一種無知的威脅，一種低劣的警告，還有……還有一種對即將進入的夢魘做出的預告呢？

所有的可能，我都不得而知。

看著依舊安靜地懸掛在視線正前方的畫。

我累了，浸入骨髓的累，累到已經對一切可以吞噬我的危險全都麻木了。

不知不覺，我關掉了房間裡最後一盞燈，那盞只為牆上的畫服務的燈。四周進入了真正的黑暗，我直直地躺在床上，除了呼吸和思想之外，和屍體沒有兩樣。我強迫自己立刻睡著，為了明天，為了明天即將開始的危險，我必須保證這一片刻的休息。

我閉著眼，認真地感受著眼前的黑暗，聽著證明自己尚在人間的心跳聲，慢慢地模糊了意識，慢慢地……慢慢地……睡去。

突然，一個聲音出現了。

我的心臟猛烈收縮了一下，擊潰了全部朦朧的睡意，清醒的意識立刻占領了全部的腦神經。

這個聲音的來源是——

電話鈴聲。

我從臥室回到了客廳，看著放在小茶幾上的手機，此刻屏幕還倔強地亮著，一刻不停地提醒著我，剛剛的通話，還遠遠沒有結束。

當然，屏幕上顯示的號碼，還是那一串陌生卻又已經熟悉的數字。

「你想幹什麼？」

我想盡量把自己的憤怒從語氣裡表達出來，可是，真正說出口之後才發現，憤怒的情緒徹底被求知欲掩蓋了。我想，電話那頭的人也已經通過這簡單的五個字判斷出，第一次通話時的拒絕，並不是我最想給出的答案。

「看來你並不反感我的深夜叨擾。」

對方的話，也立刻印證了我的猜想。

「好吧，你到底想幹什麼？我們直接開誠布公吧。」

我換了種語氣，避免通話一次再無疾而終。

「很好，這樣的態度才是我們之間應有的對話方式。」

我可以確定，電話那頭的他是一個很敏感的人，僅僅通過聲音，他就能在第一時間感受到我細微的情緒變化。同時，這也讓我非常焦慮，面對具備這樣敏銳洞察力和分析能力的對手，一定是一場如履薄冰的修行。

「那我們就開始吧。」

我把每一句話都盡量控制在主線上，避免偏離軌道，更重要的是，我不能讓電話裡的人掌握全部節奏。

我的話說完之後，對方做了一個短暫的停頓，緊接著，用一種與之前截然不同的語調開始了談話。

「好吧，我們開始。首先，我要說明一點，再一次給你打電話的目的，還是希望可以在天亮之前，跟你單獨見一面。當然，我也知道，這樣的邀請很難得到你的同意。換個角度說，如果我是你，也同樣不會答應一個陌生人如此唐突的邀請。所以，為了促成我和你之間這次本不應該發生的見面，我決定，提前透露一點我原本打算見面時告訴你的事情。不過，我希望你可以做好準備，我所說的內容會讓你感到不適，並且，是嚴重的不適。」

說到這，電話裡的聲音停住了。

我知道，他是故意給我留出「做好準備」的時間。

「雖然我不知道你是誰，也不知道你想告訴我什麼，可是，你可以放心，不論聽到什麼樣的內容，我都可以應對自如。」

「為什麼？」

他對我的自信有懷疑。

「原因很簡單，因為，我沒有打算相信你說的話，至少，沒打算全信。」

準確地說，我只講出了其中一部分原因，很小的一部分，更加重要的原因是，已經沒有什麼事情足以讓我感覺到「不適」，牆上那幅畫，早已成了我的全部。

「好吧，既然如此，我也就放心了。」

電話裡的人對我不友好的懷疑沒有絲毫的惱怒，反而表現出一種如釋重負的感覺。

我沒有說話，只是把手機又往耳朵上貼緊了一些，等著他接下來即將透露給我的信息。

片刻之後，手機聽筒裡傳出了聲音。

傳出了，來自地獄的聲音。

「畫，只是詛咒的載體；死亡，也是一種美好的解脫；真正的噩夢，是靈魂的復活。現在，復活即將開始，你、小沫、我，都將成為復活的見證者。」

我清清楚楚地聽見，他說了三遍的詞語：

復活！

電話又一次被掛斷了。

「喂！你說清楚！什麼復活，誰會復活？喂！」

我對著手機大喊，這樣的行為，只能證明他所說的「會讓我感到不適」並不是一句危言聳聽的話。

大喊完這句話後，我決定立刻回撥過去，我要知道他沒說完的故事，我要知道到底誰會復活，我要知道，為什麼我、小沫和他會成為復活的見證者，還有，我要知道，復活的靈魂在地獄裡留下的位置，將由誰去填補。

當我的手指即將觸碰到手機屏幕上綠色的通話鍵時，我停止了動作。

我突然想起了自己在一分鐘之前說過的一句話。

「我沒有打算相信你說的話，至少，沒打算全信。」

沒錯，我為什麼要相信這些，為什麼要相信他的話。

我強迫自己把緊繃的身體慢慢放鬆，也強迫自己把剛剛聽到話從腦子裡抹去，尤其是那兩個字：

復活。

我把手機重新放回了小茶幾上，轉身朝臥室的方向走去，今晚，我沒有像往常一樣，回頭看一眼掛在牆上的畫，因為，我相信，那幅畫，會像往常一樣，猙獰地看著我。

這幅出自百年前的畫，記錄著一場人間和地獄的婚禮，它會是地獄的入口嗎？

畫中的男女，在百年前，是否會知道，百年後的今天，他們會被供奉在我的家裡，朝夕不變地和我面面相對呢？

還有。

畫裡的他會不會知道，今天的我。

和他。

有著一模一樣的面孔！

我沒有回頭，一步一步地朝著臥室的方向前進。

復活的人，會是畫裡的他嗎？

填補他在地獄裡位置的人，會是我嗎？

我想，我是最適合的人選了。

因為，我和他，一模一樣。

臥室的門就在眼前，我輕輕地拉開，向裡面邁進了一步。

就在我即將進入這個空間的時候，突然，一個聲音毫無徵兆地出現在我的身後。

短信鈴聲！

我突然開始後悔，後悔剛剛沒有關掉手機。

我非常清楚，這個聲音，一定是來自地獄的召喚，同時，我也非常清楚，我沒有辦法抵禦這個來自地獄的召喚。

我快速走向茶幾，在拿起手機之前，抬頭看了一眼牆上的畫，看了一眼站在畫裡，死於百年前，在地獄裡舉辦了這場婚禮的自己。

短信當然還是來自那個陌生卻又熟悉的號碼。

「復活將從今夜開始，我需要你來共同見證。」

屏幕上出現了這句沒頭沒尾的文字。

我知道，這段文字，就是來自地獄的召喚。

我緊緊握著手機，抬頭看著牆上的自己，百年前我是怎麼死的？百年後我會復活嗎？如果牆上的我復活了，那現在的我會去哪裡？

我愣在原地，時間一分一秒地過去，慢慢的，我開始慌張起來。

復活？

一個多麼可笑又滑稽的詞語，我不相信誰會復活，地獄裡有足夠的空間，可以容納被這個世界遺棄的靈魂，在那個守衛森嚴的地方，即使有一種能量的存在，也斷然沒有可能可以重新回到這個被陽光統治的世界。

我開始踱步，一步一步，四平八穩。

我決定放棄這個可笑的想法，忘掉這個可笑的詞語。我必須要拒絕這個召喚，來自地獄的召喚。我要留在人間，留在這個對我來說早已生無可戀的人間，我不知道為什麼，也不知道留下去的意義，只是，我應該留下去。

我旋動房門把手，拉開這扇門，走進臥室。

忘掉一切，等待天明，這是我目前必須要做的事情。

也許，我留在這個世界上還有意義，如果有這個也許，那麼，這唯一的意義，就是劉小沫。

「砰」

房門被關上了。

眼前的景象讓我覺得陌生。

這裡不是我的臥室，沒有我熟悉的擺設，沒有我的床、我的窗戶、我的遮光布，還有，我的黑暗。

眼前是陰森的光亮，比黑暗更寒冷的光亮，這光亮毫無晦澀地照亮著眼前的一條通道。

原來，我沒有回到臥室，而是鬼使神差地走出了房間。

這是怎麼回事？我明明是回到了臥室，為什麼會出現在門外的走廊上？

身後的房門緊緊地關著，用它自己的方式把我拒之千里之外。我能夠清楚地感覺到，此時此刻，我的家，並不歡迎我。甚至，有一種感覺清楚地湧進我的大腦，就是現在，那扇緊閉的房門後面，有一張臉，一張我從未見過的臉，正和我四目相對。

這扇緊閉的房門右邊，是另一扇門，那是屬於小沫的。

我有些恍惚，或者說，我有些恐懼。一個人站在狹小的走廊上，四周滿是我完全不能適應的光亮，儘管微弱，卻足以撕裂我身上的每一寸皮膚和肌肉。

我開始慢慢地移動腳步，盡量輕一點，不發出任何聲音，我希望自己在被隱藏在光明中的魔鬼發現之前，可以敲開小沫的門。

在任何時間，小沫都會為我打開這扇門，這是我現在僅有的一點自信了。

我一點一點，艱難地移動著身體。

我想，如果現在我的舉動被坐在小區監視器前的保安看見，一定會把我當成夢遊者或者精神病患者處理。只不過，轉念一想，這樣的可能性是沒有的，因為，走廊裡是沒有監視器的。

我控制著思想，繼續一點一點地向小沫的房門移動。

不知道過了多久，那扇門已經近在咫尺了。

擺脫幽暗的門，近在咫尺了。

但是，

在我伸手即將敲響房門的時候，

另一只手上出現了極度不和諧的聲音。

手機鈴聲！

我的另一只手上還緊緊握著手機！

我收回了即將觸碰到小沫房門的手，抬起另一只握著手機的手，讓已經點亮的屏幕慢慢地靠近眼睛。

三個字赫然出現在屏幕上。

「看左邊」，

這三個字像一股電流，在幾毫秒的時間內，流經全身，讓身體立刻發麻。

我低著頭，做了一個自我安慰式的深呼吸。

然後。

慢慢地移動眼球，用瞳孔的力量牽引著我的頭轉向左邊，也就是我的房門方向。

一張笑臉！

在我的門前！

和我四目相對！

第二章

還有，第二個詛咒。

黑暗，剖析著人性最深處的恐懼。

恐懼的原因不是因為丟失了眼前最直觀的影像而喪失了安全感，而是身處黑暗之中，不得不面對自己努力藏在心底的那最為不齒的骯髒，這樣的骯髒會引出人心最深處的恐懼。

無數個獨自面對黑暗的夜晚，讓我早已適應了恐懼。

可是。

今天。

我卻被恐懼包裹得如此徹底。

他。

就這樣肆無忌憚地站在距離我不足五米的地方。

笑著，如鬼魅一般攝人心魄。一雙眼睛，死死地盯著我。

「你是誰？」

我下意識地壓低了聲音，並且往後退了一步，讓自己的後背緊貼在小沫的房門上。這樣的姿勢，能讓我保留住最後一點安全感。

他還是一張笑臉，除此之外，沒有任何表情。

「你好。」

「你是誰？!」

我咬著後槽牙，把聲音憋在嘴裡。

我不想驚動任何人，尤其是在我身後那扇門裡，此刻應該正在熟睡的，劉小沫。

大概是因為我刻意的表情和態度，他收起了笑臉，換了一個只在嘴角上表現出來的微笑。

「我是秦曲。」

我聽到了一個如此儒雅的名字。

我多麼希望這個儒雅的名字，來自人間。

「是你給我打電話的?」

「沒錯。」

對話的同時，這個自稱「秦曲」的人，向我伸出右手，做出一個等待握手的姿勢。

當然，我沒有做出回應，反而是往後縮了縮身體，讓自己和小沫的房門貼得更緊。

「如果你沒說謊的話，秦曲是你的名字，可是，我需要知道的是，你是誰?」

秦曲收回了右手。

「不請我進去坐坐嗎?已經凌晨了，我們兩個站在這兒總不是太好吧?這也不是待客之道。」

他把自己劃分到「客」的行列。

顯然，我並沒有用待客之道款待他的打算。

我站在原地，和他盡可能地保持著距離，借著走廊裡的一點光線，仔細地審視著他。

「我知道，除了我是誰之外，你還有很多問題想要知道答案。我可以告訴你，你的所有問題，我都可以給你答案，並且，我保證所有的答案都是真的，至少我認為是真的。不過，我不會在這裡說。」

秦曲的語氣裡沒有威脅的成分，可是，我還是把他這段話理解為是一個溫和的威脅。

對於威脅，我向來都是置若罔聞。

我依舊站在原地，繼續審視著他。

可怕的安靜在可怕的光線中蔓延，我和秦曲保持著面對面，在僵持中躲避著他的眼神。

「如果你想繼續站在這兒，那麼……」

秦曲終於收起了掛在嘴角的笑容，臉上所有的肌肉都恢復了平靜，以一個真正意義的毫無表情說出了一個真正意義的威脅。

「我只能選擇進入另一個房間，去見另一個人。比如，你身後那扇門裡的，劉小沫。」

「你敢！」

我從牙縫裡擠出了這兩個字。

我不知道秦曲想幹什麼，但是我知道，我不可以讓危險靠近小沫，無論如何，都不可以。

「我沒有什麼不敢的，如果你不相信，可以試試。」

秦曲一邊說著，一邊向我靠近。他的目標當然不是我，他想要靠近的，是我身後的那扇門，那扇擋在小沫前面的門。

「本來打算天亮以後再見你們的，如果真的是在那個時候，我想，大家都會相安無事。不過，時間已經不多了，所以，是你還是她，你自己選擇。」

秦曲已經逼近到我的面前，故意壓低了聲音說出了這段話。

我不明白他所說的「時間已經不多了」是什麼意思，但是，我可以感覺到，他一定有些難言之隱。

「你到底是誰？」

我再一次提出了這個一直沒得到答案的問題。

「我會告訴你，除此之外，還有很多要告訴你的答案，不過，不是在這兒？」

「為什麼？為什麼不能在這兒說。」

我盯著秦曲的眼睛，這次，我沒有躲避他的眼神。

「因為。」

秦曲又向我挪動了一小步。

「這裡沒有那幅畫。」

終於，秦曲給出了一個我不能拒絕的理由。

我沒有把視線從秦曲的瞳孔上移開，繼續一動不動地盯著他。我希望可以看到答案，希望可以看到他還沒有說出來的話。我知道，這樣的想法只是徒勞，但我仍然想試一試。

秦曲沒有閃躲，也一動不動地盯著我。

一分鐘的對視之後，我下定了決心。

「跟我來吧。」

我從秦曲的身旁掠過，直奔我的房門。

推開房門，我站在一側，面向秦曲。

沒人知道，從現在開始，到底是秦曲把我推進了地獄，還是，我把秦曲引向了深淵。

我只知道。

我沒得選擇。

我打開了房間裡所有的燈，卻剩下那盞使用頻率最高的燈。我把那幅畫，用最自然的方式隱藏在燈火通明的空間裡。

我站在客廳的最中央，面對著剛剛走過玄關的秦曲。

「開始吧。」

沒有一句多餘的話，沒有浪費一點時間，我要求秦曲立刻進入正題。

秦曲似乎沒有聽見我的話，他的表情有些木訥，眼神也有些呆滯，簡單地環顧了一下我的客廳，就開始朝一個和我無關的方向邁開了步子。

一步一步，他走的非常艱難，甚至可以說是舉步維艱，就像是在沙漠中前行，烈日當空，身體的水分已經被蒸發的所剩無幾了。從他的眼神中我可以看出，被蒸發掉的，不僅僅是水分，還有希望，活下去的希望。

秦曲的方向，當然是那幅畫。

他徑自走到畫前，顯然，我的隱藏手段在他看來是十分拙劣的。

「秦曲。」

我叫了一聲他的名字。

秦曲沒有聽見，他的全部注意力已經落在被我牢牢刻在心裡的那幅畫上。

他的眼睛沒有了光澤，變得暗淡無神，嘴也微微張開，脊骨前傾，變得像個已經走到生命盡頭的老人。

「秦曲！」

我提高了分貝，又叫了一聲他的名字。

秦曲還是沒有聽見，他的眼睛變得更加無神，嘴張開的幅度變大了一些，脊骨也更加彎曲。他顯得非常虛弱，徹底丟失了幾分鐘之前的鎮定和凌厲。

他慢慢抬起手，抬起已經開始顫抖的手。

那只像垂暮老人一樣顫抖的手不停地向牆上的畫靠近。

那只手開始撫摸，秦曲像面對戀人一樣開始撫摸那幅畫，只不過，他的手指並沒有觸碰到畫上。

他矜持地保留著最後一點距離，彷彿是面對一件聖物，不允許自己沾滿人間污垢的手，對它造成一點點，哪怕只是一點點的褻瀆。

「你想幹什麼？」

我厲聲制止秦曲的動作。他的行為讓我非常難受，有了一種被侵犯的感覺。

這一次，秦曲聽見了我的聲音。

他猛然間轉過頭，雙唇緊閉，脊骨恢復了挺拔，眼睛裡沒有了呆滯、沒有了昏暗，取而代之的是迸發而出的，像利劍一樣的光芒，這樣的眼神讓我立刻有了刺痛的感覺。

秦曲轉過身，把畫拋在腦後，向我逼近。

他的步伐鏗鏘有力、穩若磐石，臉上沒有一絲笑容，剩下的，只有咄咄逼人。

「我才是這幅畫的主人。」

秦曲迎面逼近的身體和這句大大出乎意料的話讓我產生了一些膽怯的情緒，這樣的情緒促使我的身體忍不住向後退了兩步。

「你……你什麼意思？」

我的聲音有些不穩定。

秦曲沒有放棄自己對我的威懾，仍然用他凌厲的眼神控制著面前全部的空氣，讓我無處可逃。

「我說，我才是這幅畫的主人。」

秦曲一字一頓地重複了一遍我已經聽得像雷鳴一樣清楚的話。

他還在一步一步地向我逼近，我就像一只受傷的孤狼，被獵人擒獲，失去了全部反抗的能力，只能坐以待斃。

我不知道秦曲想要幹什麼，他以這樣一種莫名其妙的方式出現，又說出了一句無比真實的話。我相信，他一定有著一個清晰的目的，或者說，是某種任務。

我不知道，結束我的生命，是否就是他的任務。

突然，在距離我僅剩一步之遙的時候，秦曲停下了腳步。

他的眼神慢慢柔軟了下來，臉上又恢復了初見時那種讓我非常不適應的微笑，不過，儘管不適應，還是讓我有了些許的安全感。

「對不起，我是不是嚇到你了？」

說完這句話，秦曲竟然後退了。

與此同時，我才發現，我已經被他逼到了牆角，無路可退。

秦曲轉身把我拋在腦後，就像他在幾分鐘前對待牆上的畫一樣。他朝和我相反的方向走去，刻意不再去看那幅畫，慢慢走到沙發旁，坐了下來。

我輕輕地舒了一口氣，恐懼的氣氛仍然在我周圍盤旋。

我覺得自己有些懦弱，秦曲說的沒錯，我的確被他嚇到了。可是，為什麼他會讓我有了這種恐懼的感覺呢？

今夜，必定不會輕易結束。

「過來坐下吧。」

秦曲示意我去他的附近坐下來，語氣平穩友好。

我沒有拒絕，快步走到他的對面，坐在了我平時坐的椅子上。

「這裡是我家，你剛剛的話，似乎應該由我來說。」

「哦，對，那我向你道歉，第一是為了我剛剛越俎代庖的話，第二，為了我給你帶來的恐懼。」

秦曲的儒雅之風讓我一時語塞。我不想在他面前承認自己的恐懼，可是，這種情緒在我臉上又是那麼的溢於言表。

秦曲也沒有等待我對於這兩點道歉的回應，直接開啓了自己想說的話。

「你不是一直問我到底是誰嗎？現在我來回答你。」

秦曲終於開門見山了，他的話讓我知道，今夜的故事，現在真正拉開了帷幕。

我沒有打斷他，只是做了一個洗耳恭聽的表情。

「其實我已經給過你兩個答案。第一，我是秦曲，這是我的真名，所以，這是我到底是誰最直接的答案。第二，我是那幅畫的主人，這應該是對我身分的一個更深入的解釋。不過，我知道，這兩個答案你都不滿意，或者說，都不是你最想得到的答案。那麼，現在我可以給你第三個答案，希望這個答案可以讓你滿意。」

秦曲看著我，眼睛裡非常平靜，沒有一點波瀾。但是，我相信，此刻在我的眼睛裡，一定是波濤洶湧。

秦曲沒有讓我久等，隨即給出了那個他希望我滿意的答案。

「這幅畫的畫師，名叫秦牧軒，他是我的曾祖父。」

「什麼?!」

秦曲平靜如水的答案，讓我立刻從椅子上彈了起來。

「看來，這個答案是讓你滿意的。」

沒錯，這個答案的確是讓我滿意的。它不僅說明了「秦曲」和「畫的主人」這兩個答案之間的關係，更加清楚地解釋了，他，真正的身分。

不過，一個滿意的答案之後，又出現了一個新的問題。

秦曲的曾祖父。

就是創造了我和她的人嗎?

除了這個新出現的問題之外，我的心裡還有無數個未知的問題，它們就像一根根鋼針一樣，釘在我的胸口。刺痛，並且阻礙著我每一次的呼吸。

這些不知從何說起的問題讓我又一次語塞了，我希望秦曲可以給我答案，他也承諾過會給我答案，可是，我該從何問起，他又會給我真實的答案嗎?

秦曲看著我，似乎已經把我看穿。

「我想你一定還有很多問題要問，不如這樣，我來給你講一個故事，讓這個故事來回答你所有的問題，好嗎?」

我有些不知所措，不知道應該怎麼回答秦曲最後問的這句「好嗎」。

我愣在原地，看著秦曲，沒有表態。

秦曲給了我幾秒鐘的時間，見我沒有反應，就又開口了。這一次，他換了一種語氣，沒有之前那麼平靜了。

「你還是趕快坐下，認真地聽我講這個故事，時間已經不多了。」

我注意到，秦曲第二次提到了「時間已經不多了」。

「你說時間已經不多了，是什麼意思？」

我依舊站著，問出了這個問題。我知道，在聽故事之前，這個問題更加重要，因為，我必須弄清楚，在秦曲口中那所剩無幾的時間消耗殆盡之後，會發生什麼。

「這個問題的答案，也在故事裡。如果你想知道一直以來左右著你們人生的詛咒到底是什麼，那就不要再浪費時間了，認真地聽我說完我想說的話。」

秦曲的語氣有些著急，甚至還夾雜著懇求。

聽完他的話，我立刻按照秦曲的要求，坐回椅子上，不是因為他的急切和讓我清楚感覺到的懇求，而是這句話裡的兩個詞語。

「你們」和「詛咒」。

這是秦曲第一次提到「你們」。

我意識到，這個故事裡，一定會有我和她。同時，我也明白，還會有他們和詛咒。

我用行動和表情告知了秦曲，我已經做好了聽下去的準備。

秦曲也沒有浪費一分一秒的時間，立刻開始了自己想說的話。

「九十八年前，我的曾祖父，還是一個年輕的畫師。與其說是年輕的畫師，不如說是一個落魄的畫師更為準確。儘管才華橫溢，卻窮困潦倒，我想，這是每一個藝術家都難以逃脫的宿命。沒有名望，沒人賞識，作畫只能讓他維持最起碼的生計。在那個年代裡，照相機雖然沒有普及，卻已經進入了極少數的權貴家族裡，而我的曾祖父，最擅長的就是人像畫，不難想像，富人慢慢開始使用照相機，窮人根本不會花錢去請人畫畫，慢慢的，曾祖父的生活，就變得難以為繼。」

「直到有人花大價錢請他畫了這幅畫？」

秦曲的開場白顯得過於老套，讓我忍不住打斷了他的話。

被我不禮貌地打斷之後，秦曲的表情並不是我預想中的不悅，而是一種發自內心的輕蔑，這種輕蔑甚至讓他笑出了聲。

「我說過，曾祖父是一位藝術家，不對，應該是一位偉大的藝術家，所以，這種俗套的情節，是不會發生在他身上的。」

對於秦曲的輕蔑，我無力反擊，只能攤開手掌，示意讓他繼續說下去。

「在曾祖父的心裡，一直懷揣著一個夢想，就是希望在自己的有生之年，可以留下一幅傳世畫像。所以，在後來的日子裡，他停止了作畫，開始從事各種工作，一邊維持生活，一邊尋找可以讓自己留下傳世巨作的契機。在那段日子裡，他嘗盡了人間冷暖，也看盡了世態炎涼，逐漸變得墮落，甚至還染上了鴉片。」

「哼，偉大的藝術家。」

聽到這，我從鼻子裡發出了這段聲音，算是對秦曲剛剛的輕蔑做出的回應。

我的這句話，讓秦曲有些不悅。

「沒錯，這可以說是他一生中難以抹去的污點，不過，這並不能阻止他成為偉大的藝術家，留下偉大的作品。」

我還想說點什麼，可是秦曲並沒有給我機會，繼續著他想說的故事。

「也許是老天的眷顧，在曾祖父沉淪至谷底之前，一個人的出現，向他伸出了最重要的一只手。就是這只手，把他從深淵重新拉回了坦途。他們一見如故，很快成為摯友，這個人的家境殷實，是當地有名的大戶，有了這位宅門公子的力薦，曾祖父很快成為他家的家族畫師，當然，也戒掉了菸癮。在那段日子裡，曾祖父潛心創作，可是，沒有一幅作品可以讓他滿意，漸漸的，他開始懷疑自己，甚至有了放棄的想法。」

秦曲換了一個坐姿，稍稍停頓了一下，又繼續說下去。

「這樣的日子維持了一年，也就是距今九十九年前。那一年，發生了一件大事。曾祖父的摯友和家裡的丫鬟萌生了感情，可是，那個丫鬟是那間宅門裡的下人，還只是一個干粗活的下人，這樣的感情，在那個年代裡，注定是一段被所有人唾棄的不倫之戀。很快，這段不倫之戀就東窗事發了，丫鬟有了公子的骨肉，公子卻無法說服家族裡的長輩。那扇深不見底的宅門，丫鬟被趕出宅門，公子被禁足。這立刻讓這位養尊處優的公子哥從天堂跌進了煉獄，除了每天和曾祖父借酒消愁之外，沒有其他的宣洩方式。不過，這樣的日子並沒有維持太久，終於有一天，公子端著酒杯向曾祖父提出了一個要求。他將在那一天結束自己的生命，並且留下遺言，要讓自己的屍體和自己的愛人舉辦一場讓所有人見證的冥婚，而曾祖父，必須要為這場冥婚當場完成一幅畫像，記錄下這段被世俗偏見逼迫而出的悲劇。」

「你的曾祖父答應了？」

我的問題剛剛說出口就馬上意識到這是一句廢話，如果沒有答應，怎會出現牆上的那幅畫。

「沒錯，他答應了。」

秦曲還是給了我答案。

「曾祖父沒有勸阻，只是向他的摯友保證，一定會傾盡所有努力，完成這幅畫作，並且，讓它可以流傳下去。不僅如此，曾祖父還代筆寫下了一封遺書。」

聽到這裡，我的腦海裡不禁浮出了畫面。一位端著酒杯，噙著眼淚，搖搖晃晃，一邊一杯接著一杯向自己灌下苦酒，一邊訴說著生命中最後一段話的年輕人，他就像一位天賦異稟的詩人，優雅且風度翩翩。筆挺的長衫下擺，隨著他左右趔趄的腳步來回舞動，眼中的淚水始終沒有流淌而出，這是他極力保存著的最後的壯烈。從他的口中，不斷傳出世間最悲涼的聲音，仿佛是一首沒有歌詞的曲子，用人類最通用的語言，撞擊著每一個在將來聆聽到的心靈。

這樣的畫面，美得就像一幅畫，美得無人不為之動容。

「不過，」

秦曲的聲音抽離了我腦海裡的畫面。

「在曾祖父代筆完成了遺書之後，他的摯友又向他提出了一個要求，而這個要求，讓曾祖父非常的為難。他決定採用割腕的形式結束自己的生命，曾祖父在作畫時，要用他的血作為顏料。」

秦曲的話，讓我忍不住看了一眼牆上的畫，緊接著，後背一涼。

「在他的一再要求之下，曾祖父不得不答應了這個要求。後來，曾祖父眼睜睜地看著他的摯友在自己面前失血而亡，而他自己，就得到了一盆充滿了恨意的顏料。本以為這將是這場悲劇應有的結局，沒想到，接下來，一個大大出乎曾祖父預料的事情發生了。」

秦曲深吸了一口氣。

「冥婚在遺書的要求下，真的舉行了。曾祖父也履行了諾言，費盡全部心思，畫出了這幅畫，當然，顏料就是他摯友身體裡流盡的血。當一切都即將結束的時候，已經成為屍體妻子的女人，竟然留下了一句讓所有人費解的詛咒。她憎恨自己只是一個卑賤的女人，憎恨自己沒有能力改變自己的命運，憎恨自己沒有挽留住愛人的生命。她把所有的憎恨都融入到那幅由人血制成的畫作中，把畫作為恨意的載體，詛咒自己也包括自己的後代，如果生下兒子，則平安無事，一旦產下女孩，必會無辜枉死。當時，沒有人明白她為什麼要對自己和自己的後代做出這樣的一個狠毒之極的詛咒。」

聽到這，我並沒有什麼驚訝的情緒，因為，這個詛咒，是在我第一次親眼見到那幅畫時，就已經知道的，也就是秦曲剛剛所說的，「左右我們人生的詛咒」。

秦曲再一次深吸了一口氣。

「隨後，曾祖父以摯友的身分陪著她在那間人間地獄一般的宅門裡度過了八個月的時間，直到她腹中胎兒順利出生。不知道是上天的捉弄還是命運使然，她，果然生下了一個女孩。在孩子滿月的那一天，她獨自帶著孩子，離開了故裡。曾祖父費了很大的勁，在數天後找到了這對母女。可是，當曾祖父發現她們的時候，嬰兒平安無恙，那個女人卻已奄奄一息。她選擇了和自己愛人同樣的方式，割斷了自己手腕上的血管。曾祖父找到她們的時間太晚了，早已經回天乏術。不過，那個女人還有最後一口氣，她撐著最後一點時間，向曾祖父說出了一段話。」

說到這，秦曲突然停了下來。他死死地盯著我，眉頭擰在一起。

「什麼話？」

秦曲盯著我，眼神裡裝滿了讓我無法體會的複雜情緒。

「她說，她要用自己的生命，印證自己留下的第一個詛咒。」

第一個詛咒！

秦曲說的是，第一個詛咒！

那麼，也就是說，還有

第二個詛咒！

我的眼睛睜得像銅鈴一般，幾乎要撐開眼角。我必須要再一次承認，恐懼，占據了我全部的神經。

我的表情告訴了秦曲此刻想要問的問題，秦曲也沒有等我問出口，直接給出了答案。

「這不是她說的最後一句話，最後一句話是……」

秦曲又一次深吸了一口氣。

「九十九年之後，必將出現一次復活，我將拿回所有我失去的生命，到時候，再由你來見證。」

聽完這句話，我終於明白了秦曲所說的「復活」和「左右我們人生的詛咒」到底是什麼了。

我的腦子變得一片空白，失去了思考的能力。

秦曲的話還沒有說完。

「當年，曾祖父沒有把畫留給宅門裡的人，而是自己帶著這幅畫和那個剛剛滿月的嬰兒，離開了是非之地。後來，他結婚生子，有了自己的生活，女嬰也慢慢長大。曾祖父沒有瞞著她，在她十六歲那年，把所有的事情都和盤托出，並且要求她永遠不可以觸碰那幅畫，曾祖父和他的後人，才是這幅畫唯一的主人。沒想到，女孩知道了自己的身世之後，竟然獨自出走，並且，帶走了那幅畫。」

我的腦子繼續一片空白。

「那個女孩就是劉小沫的外祖母，而九十九年前，帶著滿滿的恨意死去，並且一語成讖的女人，就是劉小沫的外曾祖母。」

秦曲的話讓我機械地點了點頭。

「故事說完了，我想你的所有問題應該都得到答案了吧。」

我繼續機械地點著頭。

「九十九年前的故事說完了，九十九年後的故事，應該開始了。」

沒錯，九十九年後的故事，的確應該開始了。

秦曲回頭看了一眼那幅由人血繪製而成的傳世畫像，繼續說道。

「原本我以為這只是我的家族世代流傳的一個故事而已，直到有人告訴了我，你和劉小沫的存在，而且，那個人還說了一件讓我無法相信，必須要親自驗證的事。」

我強迫自己已經停滯的大腦恢復運作的能力，哪怕只有一點點。

「告訴你這一切的那個人就是劉森吧。」

「沒錯。」

「因為你的家族世世代代都沒有親眼見過這幅畫，所以，你也不知道畫裡的內容到底是什麼，當然也就不會相信劉森所說的話。」

「是的。」

「現在你相信了？」

秦曲再一次回頭看了一眼牆上的畫。

「劉森給我看過劉小沫的照片，而你，我只能選擇親自上門了。現在我相信，」秦曲調整了一下坐姿，「你和劉小沫，果然和畫中男女長得一模一樣」。

是啊，這是多麼諷刺的一個結局。一幅九十九年前的畫，一幅由灌滿了恨意的人血作為顏料繪製而成的畫，一幅承載著幾乎跨越一個世紀的詛咒，卻仍然歷久彌新的畫，而畫中一對正在舉行冥婚的男女，竟然同九十九年後的我和劉小沫長得一模一樣，這真是一個諷刺的結局，更加諷刺的是，劉小沫就是那個留下詛咒女人的後代。

不知不覺，我的眼睛有些濕潤，不知道是為了什麼。

等等！

我突然想起了一句話：

「時間已經不多了。」

這是秦曲說過兩次的話，他說這句話的答案也會在故事裡，可是，我並沒有在故事裡找到答案。

「秦曲，你所說的時間已經不多了，到底是什麼意思？」

秦曲慢慢地站起身來，一步一步地走到畫前，這一次，他的步伐變得有些奇怪，既不是拖沓無力，也不是穩若磐石，似乎在他的腳步中，蘊藏著一種力量，一種讓我摸不透的力量。

他站在畫前，仰頭盯著本應屬於自己家族的傳世巨作，背影竟然有些落寞。

「秦曲。」

我輕輕地叫了一聲他的名字，非常輕，只是可以確定在這個只有我們兩個人，又在夜深人靜的空間裡，他可以聽到的音量。

結果和我想像中的一樣，秦曲並沒有理會我。

我嘗試著安靜，給他足夠的時間。

安靜，異乎尋常的安靜，這種安靜的氣氛讓我有些緊張。

不知道過了多久，也許十分鐘，也許一個小時，也許，只有一分鐘。

我第二次輕輕地叫了一聲：

「秦曲。」

他還是沒有理會我，背影變得更加落寞。

我決定不再打斷他，任由他肆意浪費時間，浪費在他口中已經彌足珍貴的時間。

安靜，異乎尋常的安靜，不斷蔓延的安靜。

「可以打開那盞燈嗎？我想看得清楚些。」

秦曲終於說話了，聲音也非常的輕，不過，卻讓我有了一種聽臨終遺言的感覺。

「好。」

我立刻站起來，打開了那盞我最常用的燈。

也許是情緒的影響，我覺得那盞燈照亮了整個世界。

我按下了開關，重新回到座位上，剛剛坐下，秦曲就突然轉身面向我。

這一次的轉身，讓我非常意外。

秦曲的臉上刻著複雜的表情，有憂傷，有無奈，有釋然，有希望，他的眼眶有些紅，眼睛裡的淚水已經呼之欲出，我看得出，他在極力控制，可是，心有餘而力不足。

「你怎麼了？」

秦曲走到我的面前，坐下來。

「我之所以要在今晚見你，就是因為時間已經不多了。是我的時間已經不多了。」

「你的時間已經不多了？這是什麼意思？」

秦曲的話讓我完全不明白。

「因為，」

秦曲眼中滑落下一滴淚水。

「我必須要死，就在今晚。」

「什麼？為什麼？」

我的聲音讓這個安靜的空間極度不適應。

秦曲用手指擦掉眼中滑落的那一滴淚水。

「因為，九十九年後，必將有一次復活。」

「什麼？你瘋了嗎？為了一句流傳下來的詛咒，你就要選擇死亡？

即使詛咒是真的，那也跟你沒有關係，你為什麼必須要死？」

秦曲莫名其妙的話讓我無法理解。

「我剛剛說過的，第二個詛咒，還記得嗎？」

「記得。」

「給我重複一遍。」

秦曲給我下了這個命令。

「九十九年之後，必將出現一次復活，我將拿回所有我失去的生命，到時候，再由你來見證。」

我服從了這個命令，一字不差地重複了一遍。

突然，我的腦子裡劃過一道閃電。

再由你來見證？

我終於明白了第二個詛咒的意義。

「你明白了吧。」

秦曲從我的表情上看出了我的心思。

我不敢相信，也不願相信，所以，我違心地搖了搖頭。

但是，秦曲沒有給我自欺欺人的機會，他用最清楚的語言講出了我心裡的話。

「九十九年之後，也就是現在，復活的不僅僅是她，還有那個用人血繪製出這幅滿是恨意的畫，而更加重要的，就是面對一個自殺卻沒有阻止也沒有施救的人。他是一個冷血動物，是這段本不應該發生卻發生了的悲劇無可推脫的始作俑者，他是這個詛咒的見證人，也是真正的推手，這個人就是我的曾祖父，這幅畫的主人。畫中的男女已經復活了，就是你和劉小沫，而詛咒中，仍然要繼續見證這場悲劇的人，毋庸置疑，必定是我。所以，在新的悲劇發生之前，我必須要死。我死了，這場詛咒就沒有了見證人，就會自相矛盾，當然也就不會發生了。」

秦曲的話，讓我無法反駁。

當我正愣在原地的時候，秦曲突然抓住了我的手。

「九十九年的期限已經到了，就是今夜，在陽光重新占領世界前的最後一刻，復活，必將出現。殺了我，讓所有的一切都結束。這是我的責任，也是必須要完成的事情，為我的家族贖罪，為我的曾祖父贖罪，也為這幅被恨意填滿的畫贖罪。我已經錄好了一段視頻，就在我上衣口袋中的優盤裡，你殺了我之後，就去報警，優盤裡的內容會向警方證明，我們是好朋友，我有嚴重的抑鬱症，所以我選擇在你的家裡自殺。」

「你瘋了嗎？」

我用力地甩開了秦曲的手。

「不可能，我不可能殺你，我不會殺任何人，永遠不會。」

秦曲伸出雙手抓住我的肩膀。

「你忍心看著劉小沫死嗎？如果你不殺了我，詛咒必定會應驗，不管是復活的劉小沫殺了別人，還是她被別人殺，死亡，是一定會出現的結局。你忘了嗎，九十九年前，她說過，她將拿回所有她失去的生命。」

秦曲對著我喊出了這段話，其中劉小沫的名字，讓我猶豫了。

也許，每個人心裡都有骯髒的慾望，只是，是否給這個慾望想好了一個高尚的理由。

現在，我猶豫了。

我會殺了秦曲嗎？我真的猶豫了。

秦曲看出了我的猶豫，立刻用力晃動著我的肩膀。

「動手吧，為了劉小沫，為了你們將來的人生，動手吧。」

這一刻，秦曲的決定把我心裡的骯髒襯托得無處可逃。

我沒有做出反應，直直地盯著秦曲。

如果換做小沫，她會做出什麼樣的決定呢？

「殺了我之後，帶著劉小沫，逃。」

「逃去哪裡？」

秦曲沒有回答我，我想，他也不知道答案。

突然，我感覺到手上有些異樣。

低頭一看，我的手上出現了一把匕首，握著匕首的手，又被秦曲握在手裡。

「你要幹什麼？」

突然之間，秦曲的手就像已經僵硬的屍體一樣，牢牢地鉗制住我的手，讓我掙脫不出。

「秦曲，你要幹什麼？」

我大聲地嘶吼著，用盡全身的力氣想要掙脫，但是，一切都是徒勞。

秦曲的臉上出現了絕望而又瘋狂的笑容，肌肉不停地抽搐，眼眶通紅，露出的兩排牙齒上有了些血跡，應該是不由自主地咬破了自己的舌頭和嘴唇留下的。

「記住我的話，帶著劉小沫，逃！」

秦曲歇斯底裡地喊出了這句話。

然後，他用那只僵硬得像屍體一樣的手，配合著摧枯拉朽的力量，拽著我這只握著匕首的手。

以最快的速度。

刺進了自己左胸膛心臟的位置！

頃刻間。

鮮血噴湧而出。

我殺了秦曲，我真的殺了秦曲。

更可怕的是，就在此時此刻。

我的腦後，突然出現了一個撞擊的力量。

緊接著。

我的眼前變成了一片黑暗。

在失去意識前的最後一刻，我明白了。

我的身後，有人！

第四章

屍體，
自己離開了。

一片混沌，一片黑暗。

我置身於一片混沌和一片黑暗之中。

不知道過了多久，我恢復了意識，儘管還沒有睜開眼睛的力氣，可是，我已經明白了。

現在，我還活著。

對我來說，這真不是一個好消息。

我把注意力轉向十根手指的末梢神經，嘗試著做出一些幅度極其輕微的動作。經過幾次失敗之後，取得了一次成功。

身體的機能逐漸恢復，思維也變得越發清晰起來。我在努力地讓自己變得清醒，直到我確定自己已經有了睜開眼睛的能力。

但是，我沒有馬上這樣做。我在大腦裡設想著各種各樣在睜開眼睛的那一霎那會看見的場景。

也許，雙手被手銬緊緊地控制在一起，四周站滿了嚴陣以待的警察，畢竟我已經是一個殺人犯了。或者，在一間陰冷潮濕的房間裡，睜眼看見的是一張陌生的臉，然後以勝利者的姿態向我講解是怎樣進入我的房間，怎樣看著我親手殺死秦曲，怎樣在身後把我打暈，然後，他又有怎樣天衣無縫的卑鄙陰謀，又或者是……

太多的可能性，我不想一一去假設。只有一點可以確定，從現在起，我必定會生不如死。

原來，這就是殺人之後的感覺。

意識已經完全清醒，除了閉著眼睛帶來的黑暗之外，四周只有寂靜，我開始懷疑自己的假設，不過，對我來說，這都沒有太大的意義，我決定睜開眼睛，看看擺在我面前的，到底是一個什麼樣的世界。

光線刺入眼球，我努力地適應著，一點一點，讓這個罪惡的世界呈現在眼前。

一張臉出現了。

一張在我所有假設之外的臉出現了。

「你醒了，感覺怎麼樣？」

她的聲音讓我更加確定這張臉的真實性。

劉小沫坐在床邊，用一只手托著下巴，看著我。

「這是哪兒？」

伴隨著劇烈的頭疼，我問了這個問題。

「這是我家呀。」

小沫顯然對我的問題有些不解，她的表情也讓我知道，小沫對於昨晚的事，還一無所知。

不管為什麼現在我會在小沫的家裡，我必須馬上告訴她昨晚的事。

「我殺人了。」

我覺得自己非常虛弱，只能用最平靜的語氣說出這句足以讓任何一個人都驚恐萬分的話。

「你說什麼？」

小沫的態度證明了這句話的衝擊力。

「我殺人了。」

我重複了一遍，讓她確定自己沒有幻聽。

「你殺了誰？」

小沫的身體已經非常靠近我了，她應該是希望自己可以聽清楚我虛弱的聲音。

「秦曲。」

「秦曲？秦曲是誰？」

「我也不知道，也許是原本要和我們見面的人，也許是那幅畫的主人，也許……」

在我極力想要解釋清楚秦曲的身分時，突然另一個人的名字在我腦子裡出現了。

劉森！

沒錯，秦曲的出現不正是劉森的安排嗎？原本在劉森的安排之下，應該今天才和我們見面的秦曲，昨天晚上突然出現在我面前，從而引來了殺身之禍，或者說是他的主動求死。不管死亡的原因到底是什麼，劉森一定是最清楚秦曲身分的人。

「這個問題，只有你爸爸才知道答案。」

小沫痴痴地看著我，不知道應該對我的話作何反應。

幾秒鐘的對視之後，劉小沫想起了一個問題。

「你說的那個秦曲，現在在哪兒？」

「在我家裡。」

小沫的問題並不準確，現在躺在我家裡的，應該是一具名叫秦曲的屍體。

「我們去看看吧。」

聽到小沫提出這個要求之後，我遲疑了。原因很簡單，我不想讓她看到一具屍體，一具胸膛還插著一把匕首，周圍布滿已經凝固的殷紅血液的屍體，並且，這具屍體，還是由我一手造成的。

小沫似乎看出了我的遲疑，還沒等我回話，就把我從床上攙扶起來。

「走吧。」

她的這兩個字說得擲地有聲，讓我沒有辦法拒絕。

在小沫的攙扶下，我走出了她的房間，站在自己的房門前。

儘管只有一牆之隔，可是，這道牆，卻成了我和小沫之間無法逾越的屏障。這邊，我在地獄和人間的分界線上掙扎，另一邊，小沫獨自體會著我的痛苦。只是，誰也沒想到，我的這一邊，在昨晚終於變成了通向死亡的起點，而我，也第一次成了製造死亡的白手套。

我把鑰匙插進鑰匙孔，慢慢地旋轉。

我想多給自己留一點時間，也給小沫留一點時間。讓我們都可以適應一下，適應這即將改變人生軌跡的時刻。其實，人生軌跡早在幾個小時前，我把匕首刺進秦曲的胸膛時，就已經徹底改變了。

不對，應該是第一次看到那幅畫，看到了畫裡的我和劉小沫時，我們的人生，就已經改變了。

房門打開了，死亡就在裡面。

我看了一眼小沫，小沫並沒注意到，沒有任何停頓，拽著我還沒有完全恢復的身體，走進了房間。一切都非常突然又非常合理，就像昨晚的死亡一樣。

走過玄關，我鼓足勇氣把視線投向了昨晚殺人的地方。

一眼，只是這一眼，就成了迄今為止我生命中最難忘的一眼，一定也會成為我今後最不願意回憶的一眼。

恐懼，就像一雙無形的手，掐住我的脖子，短短數秒，讓我達到了窒息的邊緣。

我看見的是。

空空如也。

也就是說，秦曲的屍體。

不翼而飛！

我張開嘴，拼命地喘著粗氣，讓口腔幫助鼻子呼吸。

我的身體開始不由自主地顫抖，幅度越來越大。原本虛弱的身體變得更加不堪一擊。我慢慢地失去了重心，朝一邊傾斜。

當我即將跌倒的時候，小沫伸出一只手，撐起了我全部的重量。

我看著小沫，小沫也看著我。

她嬌小的身體，支配著瘦弱的手臂，支撐著我。

我身體的重量對她來說，是一個很難支撐的重量，可是，她撐起了我，即使手臂在晃動，眼神卻充滿力量。

「怎麼回事？屍體呢？」

我的聲音是那麼的懦弱不堪。

小沫沒有回答我，用盡全力幫助我找回身體的重心。

「誰把秦曲的屍體偷走了？不可能，這是絕對不可能的，他的屍體，明明就在這兒。不可能，不可能……」

我用最小的聲音展示著心裡的恐懼和情緒上的歇斯底裡。

小沫依然沒有出聲，房間裡只有我的聲音，就像一個病人，或者說，一個瘋子。

「這是哪裡？是我的房間嗎？」

我開始懷疑是不是地點錯了。

「是。」

小沫說話了，不過，她給了一個我最不希望出現的答案。

她的回答讓我心裡最後一點希望也破滅了。沒錯，地點沒錯，這就是我殺死秦曲的地方，當然也就是秦曲陳屍的地方。

現在，屍體消失了。

也就是說，在我殺了秦曲之後，有人運走了屍體。

我想起了一雙眼睛，在我身後，在我身後的黑暗中，看著我殺死秦曲的那雙眼睛。

是他嗎？

打暈我之後，運走屍體的人，是他嗎？

可是，他的目的是什麼？

眼睜睜地看著我殺死秦曲，在最後那一瞬間把我打暈，然後運走屍體。

我實在想不通，他的目的到底是什麼？如果他的目標是我，留下秦曲的屍體，讓殺人犯的標籤釘在我身上不是更好嗎？如果他的目標是秦曲，借刀殺人的目的已經達到，還要屍體有什麼用呢？

設想似乎已經成了悖論。

如果，不是這個人運走了秦曲的屍體。

那麼，只有一種解釋。

屍體。

自己離開了！

想到這，一股徹骨的寒意從背後湧遍全身。

「你在想什麼？」

小沫突然發出的聲音讓我就快被凍僵的大腦有了一點溫度。同時，我也發現，在不知不覺中，小沫已經讓我在沙發上坐了下來。

「我在想，屍體。」

我用最直接的話回答了小沫的問題。

「我想，也許，我可以給你答案。」

小沫沉默了片刻，說出這句讓我為之一振的話。

但是，這句話，讓我有了一種不祥的預感。

我轉頭看向小沫，不小心，正好撞上她的眼神，這眼神，比平時更加炙熱。

「答案是什麼？」

我不知道小沫的答案是否和我最想問的問題一致，甚至，我也不知道自己最想問的問題是什麼。

小沫在我身邊輕輕地坐下來，看著我，眼神依舊炙熱。

「答案是……」

小沫故意留了一個停頓，讓我可以喘口氣。

「夢。」

小沫給出了一個字的答案。

夢？

我聽不懂小沫的話，看不懂她的眼神，此時此刻，小沫竟然給了我一種極其陌生的感覺。

「夢？我不明白。」

小沫把她的頭向我靠近了些，讓我可以聞到她的味道，感受到她的呼吸，聽見她的心跳。

「我是說，你做了一個夢，一個真實到讓你分辨不出真假的夢。」

「你的意思是，我做了一個夢？一個真實到讓我分辨不出真假的夢？」

我用第一人稱重複了一遍小沫的話，同時，也把她的陳述改變成了我的問題。

「沒錯，你就是做了一個夢。」

「我就是做了一個夢？在夢裡殺了人？」

我的這句話，不是向小沫提出的問題，而是向我自己提出的問題。

「沒錯，你就是做了一個夢。」

小沫重複了一遍自己的話，也回答了我的問題。

這怎麼可能？一個如此真實的人，一番如此真實的對話，一把如此真實的匕首，這一切，莫非只是一場如此真實的夢？

我不相信，徹徹底底的不相信。

可是，屍體呢？本來應該停留在這裡，已經流盡身體裡最後一滴血，僵硬到無法扭曲的屍體呢？

我沒有找到一個可以反駁小沫的理由。相反，她的結論，聽起來更像真相。

我不知道現在的我，正以一個什麼樣的表情出現在小沫面前。我想，一定非常扭曲，非常驚慌，或者，非常恐懼吧。我無法想像我的表情，就像我無法形容自己的心情一樣。

「我不知道你所說的秦曲是誰，也不知道為什麼會有屍體，不過，我大概可以判斷出你做了一個什麼樣的夢。」

說到這，小沫伸手握住了我的手，有力卻不束縛。

「壓在你腦子裡的故事太多了，再這樣下去，一定會出現更多的幻覺，你應該去醫院，好好配合……」

沒等小沫把話說完，我就用力地從她手裡抽回了自己的手，從沙發上站起來，在最短的時間內，盡可能地遠離了小沫，我用自己的身體，向她闡述著心裡無法言明的無助。

我沒有說話，我相信，那一定不是一場夢。

但是，我怎麼證明呢？

怎麼證明那不是一場夢？怎麼證明我殺了人？

無助的感覺，在心裡繼續蔓延，直到貫穿五臟六腑。

突然，在我的意識中，出現了一種感覺。

疼痛！

沒錯，就是疼痛，無比清晰的疼痛，證明我還活著的疼痛。

它。

來自我的後腦，在我殺了秦曲之後，被重重一擊的後腦。

我輕輕地撫摸著散發疼痛的地方，看著小沫。

「即使再真實的夢，也只是夢。不過，夢裡會讓我被人打暈嗎？我可是還疼著呢。」

小沫從沙發上站起來，向我走了兩步，並沒有之前那麼近。

「天快亮的時候，大概五點過吧，我被一聲很大的聲音驚醒。我把房間裡都檢查了一遍，沒發現有什麼不對，於是，就壯著膽子打開了房門，想看看是不是門外有什麼動靜。結果，一開門，你就倒了進來。起初，我也以為你暈倒了，可是，聽見你輕輕的呼嚕聲才知道你是睡著了。我想，你疼的地方，應該是在門上撞的，也就是我聽見的那聲很大的聲音。」

小沫輕描淡寫地說出了整個事件。

而我，儼然成了一個不折不扣的傻瓜。

我愣在原地，看著小沫。

腦後的疼痛在繼續，無助的情緒在繼續，恐懼的侵襲在繼續，所有不好的東西都在繼續，可是，所有不好的東西，又都像是庸人自擾。

原本已經崩塌的世界被小沫簡簡單單的幾句話重新構建完好，原本已經走上絕路的人生也被小沫拉回正軌。我不知道，到底是小沫口中的這場夢是真的，還是殺了人之後的我仍然處於這場夢之中。一切，真的就以這樣的結局劃上了一個短暫的句號嗎？

也許是心理影響了生理，也許是無可奈何的放棄，在劉小沫以最簡單直接的方式說出了對我來說猶如泰山壓頂一般的故事之後，我的疼痛變得愈發強烈，強烈到無法忍受。

我轉身徑自朝門後的方向大步走去。

「你去哪兒？」

我突然做出的動作讓從身後傳來的小沫的聲音顯得有些焦慮。

「去醫院，頭疼的厲害，我需要止痛藥。」

我站在門口，沒有在第一時間拉開房門，背對著小沫，等待她的下一步打算。

不過，事態沒有朝我預期的方向發展，身後，只有沉默。

「陪我一起去嗎？」

印象中，這應該是我第一次向小沫提出邀請，或者說，是一種請求。我希望她可以和我一起離開這裡，離開直到現在我仍然覺得應該是陳屍的房間。

沉默完成了一小段的慣性之後，小沫的聲音出現了。

「不了。」

短短數十秒的時間，事態第二次偏離了我的預期，並且，可以說偏離得相當離譜。

小沫竟然會拒絕我，竟然會在我自己主動要求去醫院，需要她陪伴的時候拒絕我。

在安靜得可以聽見心跳的房間裡，我找不到任何的理由來懷疑自己的聽力。

「嗯。」

我沒有回頭，拉開了房門。

在我邁出房間的瞬間，身後又出現了一個急促的聲音。

「今天爸爸約了我們去見……」

在小沫說完這句話之前，我已經站在門外，關上了房門。

我拋棄了小沫，或者說，小沫拋棄了我。

陽光有些刺眼，車水馬龍的噪音讓我陷入更加渾濁的環境。

記不清有多長時間沒有進入這個真正屬於人間的地方了。一條條鮮活的生命在我眼前來回穿梭，每個人都顯得非常忙碌，並且，在我看來，這是一種完全沒有目的的忙碌。他們的奔走就像是被抽干了思想的皮囊，只是保留著昨天留下來的慣性，這樣的慣性，驅使著他們製造明天的軌跡，日復一日，年復一年，直到生命隕滅。

不過，現在的我，真的非常地羨慕他們，可以這樣無知地活著，也可以這樣幸福地活著。

頭疼迫使我暫時擱置了這種簡單的羨慕，加快了腳步。本來我只想隨便找個小診所，買一點止痛藥來緩解這種讓我焦慮的疼痛，可是，不知道為什麼，我卻鬼使神差地走到了醫院門口。

這是一家我非常熟悉的醫院，醫院裡有一位我非常熟悉的醫生。我想，我會出現在這裡的原因，應該也是一種慣性吧。

既然已經到了這裡，我也就順從地走了進去。沒有經過醫院正常的看診手續，而是像老朋友一樣，延續著熟悉的路線，幾分鐘的時間，我已經從人山人海的患者大軍中脫穎而出，坐在了他的面前。

「今天很奇怪，你居然主動來我這兒。」

「是啊，今天的確很奇怪。」

我和司徒磊的對話，就這樣自然地開始了。

司徒磊是這家醫院的骨幹醫生，也是我的醫生。他永遠都是一副文質彬彬、謙遜有禮的模樣。不到四十歲的年紀和他在醫院的地位不太相符。我沒有見過他在生活中的樣子，只見過他一身白大褂，干乾淨淨，干練又專業的樣子。和他的每次見面，總會從幾句簡單的寒暄開始，然後，會在很短的時間內，進入他的掌控。不過，司徒磊是為數不多的，可以讓我產生好感的人。

「怎麼樣，我給你開的藥吃了嗎?」

「沒有。」

我的回答沒有讓司徒磊覺得意外，這樣的問答，在我和他之間，出現過太多次。

「我不能保證藥物一定對你有用，可是，如果你不配合治療，那麼，病是永遠不會好的。」

我聽得出來，這句話，司徒磊不是站在一個醫生的角度對我說的，他的語氣，更像是一個朋友。

「這個你就不用擔心了，我自己心裡有數。」

這是因為司徒磊的態度，讓我一時之間不知道應該怎麼回答他，因此只能用這樣最簡單，也是最沒禮貌的話來做出回應。

司徒磊應該是猜到了我的回答，也沒有在意我的失禮。

「心裡有數就好，今天來找我有什麼事嗎？我想想，這好像是你第一次一個人來找我，小沫呢？怎麼沒有陪你來？」

「我頭疼得厲害，你給我開點止痛藥吧。」

對於小沫的缺席，我沒有做出解釋，因為，連我自己也不清楚小沫今天為什麼會拋棄我。

「頭疼？最近失眠很嚴重嗎？」

「不是，我想，應該是因為外傷吧。」

「外傷？」

「對，外傷。」

我坐在司徒磊面前，從他的眼睛裡，我看出了疑惑。

「你應該知道，外傷不是我所擅長的。」

「知道，可是我不想找別人，我只需要止痛藥。」

司徒磊遲疑了，不過，我相信，他一定從我的眼睛裡看到了信任，只對他保留的信任。

「好吧，我先看看，什麼位置傷了，怎麼傷的。」

也許是我的信任，讓司徒磊決定干一些他並不擅長的事情。

我轉過身，背對著司徒磊，用手指了指我的後腦。

「這兒。」

確定了位置之後，司徒磊開始了他並不擅長的檢查工作，儘管不是非常熟練，卻仍然可以讓我覺得安心。

司徒磊做了幾分鐘的簡單檢查，又重新問了一遍剛才我沒有回答的問題。

「這是怎麼傷的？」

對於這個問題，我不是不想回答，而是沒有想好答案。在司徒磊第二次問出之後，我認真地思考了一下，決定給他一個答案，不過，連我自己也不知道答案是否正確。

「在夢裡被人打暈了。」

「在夢裡被人打暈了？」

司徒磊重複了一遍我的答案，他的表情告訴我，對於這個答案，他唯一的理解，就是我在痴人說夢。

「其實是撞的，撞在門上了。」

為了不讓司徒磊懷疑我的精神出了問題，我換了一個答案，當然，這也是劉小沫告訴我的答案，我相信，這個答案，一定會讓司徒磊接受並且相信的。

對於第二個答案，司徒磊理解起來就輕鬆多了，不過，他還是一臉狐疑地看著我。

「這樣啊，如果是撞的，我認為最好還是做一個系統一點的檢查，畢竟是腦部的撞擊，小心一點好。」

「好，你安排吧，只是我不想和別的醫生談。」

「好吧，我來安排。」

司徒磊說完就走出了診室，把我一個人留在原地。

短暫的等待之後，隨即到來的是一系列的檢查，司徒磊履行了自己諾言，全程都陪在我身邊，沒讓我跟這些穿著白大褂的陌生人進行過多的交流。他的舉動讓我很有安全感，不過，也讓我想起小沫，原本現在應該陪在我身邊的人，是小沫而不是司徒磊。

在司徒磊的安排之下，沒有耗費太多的時間，我就完成了他口中「系統的檢查」，回到了他的診室。

「你再等我一會兒，我去拿你的報告，順便瞭解一下情況。」

「謝謝。」

司徒磊又一次把我獨自留在了他的診室。

這一次的等待，時間明顯要長了許多，百無聊賴中，我又仔細地回憶了一次昨晚的夢。我仍然不敢相信人的夢境可以如此真實，後腦的疼痛感也在提醒著我，那不是一場夢，是一場真實存在的謀殺。可是，如果不是夢的話，小沫給出的答案又該怎麼理解呢？秦曲的屍體又是怎麼不翼而飛的呢？

想的越多，疼痛感就越強。

我用手撐住頭，強迫自己清空大腦。

「怎麼了，很疼嗎？」

司徒磊回來了。

「是，疼的厲害，快給我止痛藥吧。」

司徒磊沒有回答我的話，而是在我面前坐了下來，我和他之間，隔著一張桌子。

「你的腦部CT和外科醫生的檢查結果都出來了，我剛才也和他仔細地談過了。」

「那就趕快給我開止痛藥吧。」

司徒磊仍然沒有理會我，繼續說著自己想說的話。

「你的頭部的確受過重擊，有些腦震盪，不過不算嚴重，現在的疼痛也是正常的，這個需要慢慢恢復，結果不算太糟，至少應該比你看上去的症狀要好一些。只不過……」

司徒磊突然停止了自己的話。

「只不過什麼？」

他的停頓讓我不得不立刻問出這個問題。

「只不過有一件非常奇怪的事。」

我非常不喜歡司徒磊現在的說話方式，語氣也變得有些不耐煩。

「有什麼話你就直說，不要吞吞吐吐的。」

司徒磊看著我，深深地吸了一口氣。

「我給你找的這位外科醫生是一位經驗非常豐富的醫生，我把你受傷的原因告訴了他，當然，我說的是你自己撞到了門，而不是在夢裡被人打暈了。剛才，他仔細地檢查過你受傷的位置，得出了一個結論。雖然是一個推斷，不過，我認為這個推斷的準確性是相當高的。他的結論是，無論以什麼樣的角度，你都不可能因為撞到了門而傷到那個位置，另外，從你受傷的程度和形成的創面來看，外力影響的可能性很高。」

「外力影響的可能性很高是什麼意思？」

「也就是說，被人用某種物體打擊的可能性很高。」

「什麼？」

司徒磊的話讓我立刻站了起來，暫時忘記了頭疼的襲擾。

「你是不是有什麼事沒有告訴我？你到底是怎麼受傷的？我認為，你被人打暈的可能性很大，可是，為什麼你說是在夢裡被人打暈的呢？」

一瞬間，太多的畫面從我的眼前閃過，太多的可能性出現在我大腦裡。那不是一場夢，那是真實的，我的的確確是被人打暈的。也就是說，我在被人打暈之前，也的的確確殺了秦曲。可是，屍體呢？秦曲的屍體為什麼會消失呢？難道，真的是屍體自己離開了嗎？

而最為重要的一件事。

小沫，為什麼要騙我？

「我知道了，謝謝。」

我有些木訥地向司徒磊道了謝，然後，木然地轉身準備離開他的診室。

「還有一件事。」

司徒磊的聲音讓我立刻停止了動作。

「什麼事？」

我轉身看著司徒磊。

「從你受傷的程度和創面的情況來看，如果你真是被人打暈了，那麼，這個人只有兩種可能性。」

「這個人？」

我不明白司徒磊所說的「這個人有兩種可能性」指的是什麼。

「其一，他故意收了力，只是想把你打暈，卻並不想傷你。因為，你所受到的打擊力比一個成年男人的力量小了不少。不過，我認為這個可能性不大，因為，除非受過嚴格的訓練，普通人是沒有辦法拿捏好這個力度的，如果，他真的想把你打暈，就一定不會冒著失敗的風險而收力。」

我很贊同司徒磊的分析，也更期待他的第二種可能性。

「其二呢？」

司徒磊看著我，眼神嚴肅。

「她是個女人。」

司徒磊的話，讓我忍不住打了個冷戰。

女人？

我的心裡立刻出現了一個名字。

一瞬間之後，我又強迫自己在心裡抹掉了這個名字。

我知道，我不可以讓這個名字出現在這裡，無論如何都不可以。我不能相信這樣的情況，哪怕只是猜想，也足夠讓我心驚膽戰了。我相信一定不會是她，我希望一定不要是她。

「你在想什麼？」

司徒磊已經走到了我面前，而我卻毫無察覺。

「沒什麼。」

「你心裡有答案了嗎？」

「沒有。」

「那就好，回去吧，你不需要止痛藥。」

司徒磊用自己富有哲理的話取代了我最需要的止痛藥，同時，也向我下達了逐客令。

司徒磊是我見過最沒有好奇心的人，他不想知道我腦後的傷是從何而來，也不想知道我到底經歷了些什麼，我想，就算我主動告訴他，他也沒有什麼興趣聽這些連我自己都不知道是真是假的故事。

他，只對自己的事感興趣。

不過，司徒磊向我說出的結論，讓我心裡出現了一個我不願意相信的名字。可是，除了她，還會有誰呢？我想不出第二個人，想不出除了她之外，有誰可以悄無聲息地進入我的房間，想不出除了她之外，還有誰會記得我這個活在人間邊緣的人。但是，更加讓我困惑的是，我想不出一個可以讓她在我腦後給出這用力一擊，從而讓我暈倒的理由，當然，還有已經消失了的，秦曲的屍體，到底何去何從了？

這一切，真的都是她一手安排的嗎？

她。

難道就是劉小沫嗎？

我不願相信，更不敢相信。

裝著這些讓我百思不得其解的問題，我行屍走肉一般地踱出了這座沉浸在人世紛擾中的醫院。

重新穿過熙熙攘攘的街道，又感受了一次人間的氣味。我就像一張可以運動的照片，被格格不入地鑲嵌到這幅繁忙的城市街景當中。

不知道遊蕩了多長時間，我站在了房門外的走廊上。

頭疼已經緩解了不少，正像司徒磊所說的，我不需要止痛藥。現在，我也已經明白，我最需要的，是昨晚那場謀殺的真相。不對，那不是一場謀殺，而是一次典型的借刀殺人，只不過，借刀的人，就是被殺的人。

站在走廊上，我看著兩扇緊閉的門，一扇是屬於我的，另一扇，是屬於劉小沫的。這兩扇門，我都可以出入自如，可是現在，我真不知道自己到底應該走進哪扇門。

徘徊了一會兒，我決定回自己的家。其實，我不想走進去，我非常害怕，害怕打開門的那瞬間，首先進入眼睛的，是秦曲的屍體，失而復得的屍體。可是，我又不得不進入這扇門，因為，我更害怕的是門外的走廊，也就是秦曲突然出現在我身後的走廊。

我拿出鑰匙，小心翼翼地擰開門鎖，更加小心翼翼地推開了房門。

一張臉，推開房門的同時，一張臉出現了。

「你回來了。」

這張臉是小沫的，她微笑著看著我，就像家裡的女主人迎接自己的丈夫回家一樣。

我看著小沫的笑臉，在心裡一遍一遍地問自己。

「會是她嗎？」

我沒有辦法想像出，站在我身後的小沫，朝我的後腦甩出那重重一擊時的表情，她手裡拿著的會是什麼呢？木棍？鐵鍋？還是放在茶幾上的玻璃菸灰缸？

我沒有辦法想像，也沒有辦法相信。

我低著頭，沒有繼續看小沫的臉，也沒有回答她的話，只是看著自己的腳和地面，一步一步地走過玄關。

「我來給你介紹一下。」

小沫突然在我身後說出了這句話。

聽到這句話的同時，我下意識地抬起了頭。

就在這一瞬間，另一張臉，快速地向我靠近。

還沒等小沫說話，那張臉就主動發出了聲音。

「你好，我是秦曲。」

第五章

我的眼前，
活生生地站著一個被我親手殺死的人。

身體像被丟進冰窖一樣，從大腦到腳趾，身體的每一根神經、每一寸肌肉都冷得發麻。

我的眼前，活生生地站著一個被我親手殺死的人。

我確定此刻站在我面前的秦曲，不是一只從地獄逃脫的鬼，也不是能量聚集下衝出束縛的幽靈，他是人，是活著的人，因為，我可以清楚地看見他瞳孔裡屬於生命的光亮，一起一伏正在呼吸的胸膛，還有他展示給我的那一臉友好的表情，這是對待陌生人禮貌而陌生的友好表情。

我不知道現在我的表情是怎樣的，一定非常奇怪。我不敢確定自己的身體顫抖得有多厲害，有沒有帶動著臉上的肌肉也一起顫抖。我的眼睛一刻也沒有離開秦曲，我在不停地做著確認，確認眼前這個人到底是誰。遺憾的是，不知道經過了多少次的自問自答，最終的答案都是一樣的。

這個人，就是被我親手殺死的。

秦曲！

「在你回來之前，我第一次聽到他的名字時，也被嚇了一跳。」

小沫從身後走過來，把手輕輕地繞在我的胳膊上，說了這句話。不過，小沫的話絲毫沒有轉移我的注意力，我仍然把所有的目光，全部聚集在眼前這個在我心中已經是死人的秦曲臉上。

這一刻，我的全世界，只剩下秦曲的臉。

氣氛非常的尷尬，我死死地盯著秦曲，一言不發。準確地說，我現在根本沒有出聲的意識。無數的碎片畫面在我的大腦裡來回閃現，當然，出現頻率最高的畫面，就是我把匕首刺進秦曲胸膛的那個瞬間。

秦曲也非常配合地站在原地一動不動，任由我如刀一般的眼神肆意地侵略著他的身體。

他，只是保持著儒雅而友好的微笑。

而我，不得不再一次產生了懷疑。

那真的是一場夢嗎？

我在夢裡殺死的人，現在就站在我眼前。

如果那真的是一場夢，這就是我和秦曲的第一次見面。

可是，他分明就和我夢裡的秦曲是同一個人。

那麼，被我殺死的秦曲是誰？現在活著的秦曲又是誰？

還有，在身後把我打暈的人，是誰？

我希望有人可以告訴我答案，哪怕這個答案是假的。因為，我已經找不到一個可以自欺欺人的故事來騙自己。可是，誰又能編出一個完美的故事來解釋這個殘缺的現實呢？

「你們就打算一直站在那兒嗎？」

正當沒有人可以結束這個尷尬的局面時，房間裡出現了另一個人的聲音。

這個聲音的出現，才讓我意識到，房間裡，不止我們三個。

這個聲音迫使我不得不把目光暫時從秦曲的臉上移開，轉而投向發出聲音的源頭。

這一眼，我看到的是，一個意料之中的人，也是我最不願看到的人。

他，是我的地獄引路者。

「過來坐吧。」

他像主人招待客人一樣對我說了這句話。

他的話也讓秦曲找到瞭解決目前這種尷尬對峙的辦法。秦曲側了一下身，讓出一個通道給我，同時用和善的眼神向我表示了歡迎。

小沫也適時地用她挽著我的手給出了一個作用力，讓我的身體不自覺地朝著他們想要的方向開始運動。

「大家坐下再說吧。」

小沫的話，秦曲的眼神，都讓我覺得困惑，如果不是還保留著最後一點清醒的意識，我一定會認為他們才是這個房間真正的主人，而不是我。

在小沫的牽引，或者說是攙扶之下，我終於走進了自己的家，坐在了自己最喜歡的位置上。

現在，我的家裡，坐著四個人。

我、劉小沫、秦曲、還有，

劉森。

我刻意選擇了一個正對著劉森的坐姿，一來可以讓目光不再略過秦曲，至少可以減少些許的恐懼，二來，我需要看清劉森的每一個眼神、每一個表情、每一個動作。

我平穩地坐在屬於自己的位置上，做好了一切的準備，安心地等著接下來的那一場一觸即發並且撲朔迷離的風暴。也許，這場風暴裡隱藏著秦曲的死因，也許，醞釀著詛咒的印證，也許……我不知道還有什麼也許，現在的我，唯一能做的，就是等待，像一只任人宰割的羔羊一樣等待。

我抱著這樣的心態，任由時間一分一秒地流淌。

可是，萬萬沒想到，奇怪的事情發生了。在這些被浪費掉的時間裡，這個只容納了我們四個人的空間中，事情，並沒有按照我預想的軌跡發展。房間裡的氣氛變得異常古怪，所有人都突然陷入了一種莫名其妙的安靜，這種安靜，讓我聞到了危險的味道，這個味道非常清楚，順著鼻腔，衝進大腦。

小沫低頭擺弄著自己的手指，我太熟悉這個動作了，這是小沫在極度緊張之下，才會不由自主地做出的動作。我相信，小沫已經清楚地感覺到我在看著她。與此同時，我也清楚地感覺到，小沫在刻意躲避著我的眼神。她專心致志地看著自己的手，不由得讓我的眼神也移向了她的手。

幾秒鐘之後，一個問題突然出現。

這只手，會是昨晚打暈我的那只手嗎？

我只能說，我希望不是。

在大家的安靜中，我繼續移動著目光，直到停留在劉森的領地。

他還是那麼溫文爾雅，保持著一貫的貴族氣息。一張中年男人少有的俊逸臉龐，棱角分明，沒有一絲贅肉，下巴和唇邊留著一些胡茬，非但不會顯得不修邊幅，反而讓這個已過不惑之年的男人多了些韻味，他的濃密的髮發裡夾雜著些許白髮，那是歲月留下的印記，眼角和額頭布著不少皺紋，不算寬，卻非常深，這些皺紋刻在劉森的臉上，為的是記錄下他過人的智慧。眼睛裡裝著這個年紀獨有的渾濁，不過，這些渾濁沒有遮住瞳孔的光亮，而是讓他的眼神更加富有深意，讓人捉摸不透。

現在，這雙眼睛正直直地看著我，和我保持著極富侵略性的對視。

至於秦曲，我不知道他現在的模樣。

因為，我根本不敢看他一眼。

「一年不見，劉森，你好像老了不少。」

我主動打破了眼前的局面，並且，強行掩蓋住心裡的恐懼，用一種居高臨下的姿態對劉森說了這句不疼不癢的話。我不知道自己的偽裝是否到位，有沒有被劉森看出我拙劣的演技。

劉森看著我，沒有馬上回答。

他做了一個不算太長的停頓，不過，這短短的十幾秒時間，卻讓我感覺到了時間的停滯，這是一種可怕的停滯。

十幾秒之後，劉森向前欠了欠身體，讓他和我的距離更近了些。

「一年的時間很短暫，這麼短的時間裡，我是不會老得讓你憑肉眼就可以看出來的。」

劉森不動聲色，用緩慢的語調，把我費盡力氣偽裝出來的高調輕易擊潰了。

我不知道應該怎麼形容我和劉森之間的關係。他曾經靠一己之力，把我從死亡的邊緣拉回人間，從這個角度來說，他應該是我的救命恩人。但是，我之所以會有如此靠近死亡的機會，也是拜劉森一手所賜。所以，他既是我的天使，也是我的魔鬼。

在我的心裡，更願意把他定義為魔鬼，我的地獄引路者。

除此之外，他還有一個更重要的身分。那就是小沫的親生父親，一個和我朝夕相處卻永遠有著一牆之隔的女孩的親生父親。

我忍不住偷偷地看了一眼掛在牆上的畫，它總是這麼鎮定，不管我在它面前做出什麼樣的舉動，又或者它正在見證著什麼樣的變故，都可以如此輕鬆地堅守著那副處亂不驚的模樣。

只是，我分不清到底是畫處亂不驚，還是畫裡的人處亂不驚。

我很慶幸，我是這幅畫現在的主人。

它的上一任主人，就是劉森。

「我不明白為什麼。」

劉森又開始說話了。

「你會把我們的故事寫成小說，還發行出來。不過，我很喜歡其中的兩點。第一，就是你為我們的故事所作出的命名。」

說到這，劉森不知道從什麼地方突然拿出一本書。那正是我的書，我清楚地看見封面上的標題：

《迷局——無妄輪迴》。

「這個名字很好，我們的故事，就是一場輪迴在時間外的無妄之災。」

劉森的嘴角掛著笑容，我無法分辨，這個笑容到底是來自勝利者的嘲笑，還是失敗者的自我安慰。

因為，劉森曾經說過一句話。

「有一種賭局，結果是兩敗俱傷。但是，沒有人勝利，就是一種勝利。」

我看著劉森的笑容，在心裡默默地回憶著他曾經說過的這句話，繼續聽他接著往下說。

「至於第二嘛，就是你在序言裡提到的一句話，也是你給自己為什麼要出版這本小說的理由。我非常喜歡你給出的這個原因，為了紀念。紀念是一件很重要的事，紀念出現在我們人生中，又不得不率先逝去的生命，不論他們是敵人、是朋友，還是那些根本無法分清是敵是友的人，只有當他們死去之後，你才會真正明白紀念他們的意義。死去的生命需要紀念，但是，我想你一定不會理解，比起那些已經進入地獄的靈魂，活著的人更加需要紀念。」

我知道劉森所說的那些已經進入地獄而又分不清是敵是友的生命指的是誰。我不想再提起那些名字，對我而言，他們絕對不僅僅是「分不清是敵是友」的人而已，從某種意義上說，他們是我的家人，是千方百計、無所不用其極要致我於死地的家人。我不會再提起他們的名字，哪怕只是在腦海中一閃而過也不會，因為，他們的名字，會讓我失去活下去的勇氣。我很羡慕他們，可以死去，可以不用體會那種比死更難受的活著。

但是，

我卻完全不明白，劉森口中那些更加需要紀念的——

活人！

我剛想說點什麼，還沒開口，劉森就用自己的聲音剝奪了我的權利。

「舊的故事徹底結束，一段新的故事已經開啓。不管你願不願意，它一定會用自己的方式開始，就像時間永遠不會因為你的消失而停止一樣。我不知道你會不會把這一段新的故事寫成小說，不過，我還是提前幫你想好了一個屬於這段故事的中心思想。」

劉森換了一種眼神看著我，他的眼睛裡，有一些我無法揣摩的東西。

「那就是，我要你和她。」

劉森指了指仍然低著頭的劉小沫。

「繼續活下去。」

繼續活下去？

劉森所說的，應該是他的目的。他要再一次憑藉一己之力，讓我和劉小沫繼續活下去。

那麼，換言之，現在的我和小沫，已經走向了死亡。

劉森的話是這個意思嗎？

我想，是這個意思。

「劉森，你的意思是，我和你的女兒，已經沒有辦法繼續活下去了嗎?」

縱使已經非常明確劉森的話裡隱藏的意思，可是，我還是想要親耳聽一次他給出的肯定回答。

劉森看了我一眼，又轉頭看了一眼小沫。

這一次，我跟隨劉森的目光一起看了一眼小沫。

萬萬沒想到，小沫的臉上，竟然出現了一種我從未見過的表情。

她的嘴角隱藏著笑容，眼睛在不經意間迅速地瀏覽了一遍房間裡剩下的三個人。而最重要的，就是她眉宇間想藏卻沒有藏住的。

憎恨！

突如其來，莫名其妙，又好像是對所有人積怨已久的憎恨。她的憎恨裡有劉森，有秦曲，還有我。

這是我第一次在小沫的臉上，看到這樣的表情。這個表情和她柔軟的外表顯得極度不相稱，反而言之，也正是因為在她外表的襯托下，這樣的表情才格外尖銳，足以刺傷任何一個瞭解她的人。

「我們言歸正傳，說說眼前的事。」

劉森沒有回答我的問題，我也沒有繼續追問，因為，這個問題的答案已經對我沒有絲毫的吸引力了，我的眼前，只剩下小沫剛剛的表情，對所有人憎恨的表情。我不知道她的憎恨源自什麼，也不知道她的憎恨達到了什麼程度。

僅僅知道的，只有一件事，就是她的憎恨裡，有我。

我的目光還停留在小沫身上，一旁的劉森似乎並不在意，繼續著自己的話題。

「小沫已經把今早的事情告訴我了，我不知道你的夢裡具體有些什麼內容，不過，我可以確定，那就是一場夢。」

「為什麼？」

聽到劉森肯定地說出「那就是一場夢」的時候，我把目光從小沫身上移開了，轉而投向劉森。因為，我沒有辦法確定那是否真的是一場夢，可是，劉森卻用這麼肯定的語氣告訴我，那就是一場夢，難道他知道什麼我不知道的事情嗎？

「哈哈哈。」

劉森首先給出了一個笑聲。

「原因很簡單，因為，被你殺了的人，現在就在你面前，而且，他正千真萬確地活著，不信，你可以自己試試他的鼻息，聽聽他的心跳，確認一下他還活著這個事實。所以，那不是一場夢，又是什麼呢？」

沒錯，秦曲的確正千真萬確地活著，活在我的面前，正像劉森說的那樣，那不是一場夢，又是什麼呢？

不對，如果那真的是一場夢的話，為什麼我從來沒有見過的人，沒聽過的名字，會真實地出現在我的夢境裡？我腦後的傷又是從何而來？

那不是一場夢，那就是真實存在的事情，真實存在的人，還有，真實存在的名字。至少，對我來說，是這樣的。

「如果那真是一場夢的話，我怎麼會……」

我想把我的疑問說出來，可是，劉森沒有等我把話說完，就打斷了我。

「我來介紹一下，這位，就是你的夢中人，秦曲。不管你有什麼問題，他都可以為你一一解答，現在，我們把所有的時間，都交給他吧。」

劉森掌控著這間屋子裡所有事情的發展趨勢，他是一個真正的領袖，就算我對他的獨斷專行有非常強烈的不滿，還是不得不遵循他的安排，安靜地執行他的命令。

「你好，我是秦曲，不知道我在你的夢裡是什麼樣的人，給你帶來了什麼困惑，我想，一切都是命中注定。對你而言，我們不是第一次見面，不過，這卻是我第一次見到你。」

秦曲說話的方式、語調都和昨晚一模一樣，我更加分不清他到底是現實存在的活人，還是已經被我殺掉的死人。不過，他的聲音牽引著我的注意力，讓我被動地審視著他。

秦曲的年紀應該跟我相仿，有著一張男人少有的瓜子臉，皮膚白皙、棱角柔和、嘴唇很薄。他的眼睛偏長、鼻子很高、臉上干乾淨淨沒有胡茬，這樣的樣貌給人以毫無侵略性，甚至有些文弱的感覺。

一切都和昨晚的秦曲一模一樣，除了……

他的眼神，他的眼神有些不一樣。夾雜著堅毅、執著，還有一些勇敢，但是，這幾種原本優秀的品質，在秦曲的眼睛裡一混合，竟然產生了一種化學反應，就像幾種不同的試劑，被同時倒進一個量杯裡，只需要進行稍許攪拌，就萌生出了一種截然不同的物質。而這種新的物質，在秦曲的眼神裡，一覽無遺，我給這種眼神想了一個非常貼切的形容詞：

暴戾！

比殘忍更加偏執的暴戾！

這種眼神既不需要隱藏，也不需要展示，它就在那，是與生俱來的、是絕無僅有的，這就是屬於秦曲的眼神。

現在，當我切身實地地看到秦曲的眼神時，心裡好不容易才稍微平復的恐懼，在頃刻間又迸發而出。我不禁開始懷疑，擁有這樣眼神的人，怎麼可能允許我把匕首刺進他的胸膛？

莫非說，那真的就是一場夢，我必須要承認，秦曲的眼神，讓我有了一個相信那就是夢的理由。

「是嗎？不管是第一次還是第二次，其實沒什麼差別。我們認識了，這是最重要的。我希望你可以給我一些有意義的信息，否則，你的出現，就是一場沒必要的誤會。」

我在這句話的最後幾個字加上了一個不太自然的笑聲，目的，只是為了掩蓋被秦曲震懾住的心。

「是啊，如果是那樣，的確就是一場沒必要的誤會。」

秦曲的表情告訴我，這一次，我的表演很成功，他沒有感受到我的恐懼。

「好吧，那麼，我們從哪兒開始？」

「當然是從那幅畫開始。」

秦曲看了一眼牆上的畫，給了我一個意料之中的答案。

我很滿意，至少有一件事情沒有超乎我的想像。我沒有說話，對著秦曲和劉森做了一個洗耳恭聽的動作，示意他們可以開始了。與此同時，我還用餘光看了一眼小沫。

這一次，小沫的表情又有了翻天覆地的轉變，她的眼睛裡，沒有了憎恨，取而代之的，是悲傷，悲傷到眼眶都有些發紅。

我不知道什麼樣的誘因導致了小沫情緒的轉變，還沒來得及細想，秦曲已經開始了自己的闡述。

「這幅畫的畫師，名叫秦牧軒，他是我的曾祖父。」

「什麼？」

秦曲的話讓我有了針刺一樣的疼痛，這種感覺，讓我下意識地喊出了這兩個字。

這句話，不正是秦曲在昨晚告訴我的嗎？

也許是我的反應有些過激，房間裡的另外三個人都有些措手不及，同時用一種奇怪的眼神看著我。

看著他們的眼神，我試圖整理好自己的表情和情緒。我努力讓自己的呼吸變得平穩，讓臉上的肌肉不再抖動。我慢慢地、慢慢地恢復平靜，就像什麼事都沒有發生一樣。

突然，一個念頭閃過我的腦海。

剛剛聽到秦曲那句話時，我下意識地喊出了兩個字。

可是，如果把這兩個看似平常的字，和秦曲的話結合起來。

那麼，就會得到一個結論，而這個結論就是：

今天的這兩句對話，和昨晚的那兩句對話。

竟然，一字不差！

這是巧合？是夢境再現？是命中注定？還是……

復活？

這個可怕的詞語，像瘟疫一樣釘在我的腦子裡，揮之不去。

「你怎麼了？」

劉森試探性地對我說著。

「沒事，只是有些意外而已。」

我用了一個極其平靜的語氣回答了劉森，接著，又轉頭面向秦曲。

「請繼續。」

秦曲狐疑地看著我。

「好。」

他點了點頭，稍作了一下停頓，又開始繼續說。

「九十八年前，我的曾祖父，還是一個年輕的畫師。與其說是年輕的畫師，不如說是一個落魄的畫師更為準確。儘管才華橫溢，卻窮困潦倒，我想，這是每一個藝術家都難以逃脫的宿命。沒有名望，沒人賞識，作畫只能讓他維持最起碼的生計。在那個年代裡，照相機雖然沒有普及，卻已經進入了極少數的權貴家族裡，而我的曾祖父，最擅長的就是人像畫，不難想像，富人慢慢開始使用照相機，窮人根本不會花錢去請人畫畫，慢慢的，曾祖父的生活，就變得難以為繼。」

果然不出所料，秦曲現在所說的每一個字，都和昨晚我聽到的一模一樣。只不過，昨晚秦曲在說出這些話時，用的是什麼樣的語氣，臉上展示出來的是什麼樣的表情，我卻毫無印象。這讓我覺得有些奇怪，聽到的話，我可以清清楚楚地記得，反而眼睛看到的東西，卻忘得一干二淨。

秦曲喘了口氣，休息了一下。我想，他應該是覺得我會提出什麼問題，或者跟他有一點互動而故意留出來的空檔。遺憾的是，我並沒有這樣做，只是維持著現狀，把所有的時間都交給他。

其實，我知道這個時候應該說什麼，也記得昨晚我說了些什麼。我是故意沒有發出任何聲音，我希望，現在的場景，可以跟昨晚有些區別，這樣一來，最後的結局，就一定不會是我把匕首刺進秦曲的胸膛了。

「後來，曾祖父遇到了他一生之中最重要的人，也可以說是改變他人生軌跡的貴人。」

見我沒有反應，秦曲又開始了自己的話。聽到他的這句話，我的心裡出現了一絲輕鬆的感覺。果然是這樣，我沒有重複昨晚的話，秦曲就自然的沒有說出昨晚他說過的話，看來，事情的發展，已經進入了另一條軌道。

我仍然沒有說話，繼續保持著一副聽眾的姿態。

「這個人的出現，不僅讓曾祖父窮困潦倒的生活發生了變化，更重要的是，讓他的精神層面，得到了前所未有的慰藉和開拓。曾祖父得以親眼目睹大量的名家佳作，也不用再為一日三餐而發愁，這樣一來，他可以把所有的精力和時間，都放在對畫作的鑽研當中。」

我心裡非常清楚，秦曲口中所說的這位改變了他曾祖父生活的貴人是誰，遺憾的是，這位可以為別人創造出一片新天地的人，卻沒有辦法追求屬於自己的生活，更加可悲的是，在已經變成屍體之後，還要在眾目睽睽之下，被固定在自己心愛的女人身邊，任由秦曲的曾祖父用手中的畫筆記錄下已經不屬於自己的世界。而這樣一幅充滿罪惡和對人性褻瀆的畫卷，現在正安詳地懸掛在我家的牆上，安靜地看著我們。

當然，這幅畫卷中最可笑也是最可怕的事情。

就是畫中的男人和我有著同樣的臉。

畫中的女人和小沫有著同樣的臉。

我依舊不動聲色，等著繼續聆聽秦曲的故事，我想，接下來，秦曲應該開始講述畫中這場冥婚的由來了吧。

「這位改變了曾祖父的生活，並且，對他一生都有著舉足輕重地位的人，就是……」

秦曲一邊說著，一邊把視線慢慢地移向了牆上的畫。

「畫中的女人。」

女人！

我確定自己沒有聽錯，秦曲說的就是畫中的女人！

可是，怎麼會是女人呢？

「你是說，你曾祖父遇到的貴人，是畫中的女人？」

「沒錯，就是畫中的女人。」

秦曲對我的問題有些莫名其妙，不過，還是在第一時間給出了答案。

故事，已經發生了轉變。

我開始懷疑自己，到底是昨晚自己聽錯了，還是夢中的故事原本就是假的。

不對，兩種假設都不對，我既沒有聽錯，也不相信那就是一場夢。那麼，到底是怎麼回事，為什麼會發生這樣的轉變？

我沒有了答案，丟失了方向。

我只能裝作什麼都不知道，繼續聽秦曲說下去。

「畫中的女人出身名門望族。自古豪門深似海，越大的宅門，就越像一座監獄，對於宅門裡的女人，看似錦衣玉食，榮華富貴，實際上，只是家族的一件工具。她們被用來作為籌碼，交換利益的條件，甚至，有的時候，只是一場游戲的附屬品。」

亂了，一切都亂了。

秦曲的話，讓原本就錯綜複雜的故事，變得更加匪夷所思。難道說，從一開始，我就陷入了一個騙局裡？這個騙局的創造者，就是現在端坐在我面前的劉森，還有他的女兒劉小沫。

可是，這個騙局的意義又是什麼呢？

我不知道，什麼都不知道。

我現在唯一能做的，只有聽秦曲繼續說下去，說一個我明明已經爛熟於胸，卻又完全猜不到結局的故事。

「朝夕相處，自然會產生一些異樣的情感。曾祖父和畫中的女人，當然也逃不掉這樣世俗的結局。可是，又有哪一個家族會允許自己的千金小姐，和一個身分卑微的畫師走到一起呢？更何況，她，早已經注定了會走向何處。」

說到這，秦曲竟然全神貫註地看著劉小沫，他的眼睛，多了很多奇怪的東西，我根本看不出這些東西到底是什麼，只是能感覺到，一股強大的佔有欲和侵略感。他的眼睛像一張網，牢牢地把小沫禁錮在內。

我想做點什麼，哪怕是說點什麼，但是，我無能為力，我不知道自己應該做什麼，應該說什麼。

在這樣的氣氛中，我看著劉森，第一次以求助的目光看著劉森。

而劉森，無動於衷。

不知道過了多久，秦曲收起了看著小沫的眼神，轉而向我，繼續講著他的故事。

「你已經知道了，這幅畫的內容，是一場冥婚。畫中女人的身分，我已經說得很清楚了，現在，我來介紹一下畫中的男人，也就是，和你長得一樣的這個男人。」

我知道，秦曲的故事，已經進入了最關鍵的部分。

畫中的男人，這場冥婚的主角，正是因為他，這場婚禮才可以稱之為冥婚。不過，按照秦曲所說，畫中女人的身分如果也是大家閨秀的話，那畫中男人的死因，就一定另有隱情了。他是怎麼死的，為什麼死後要舉辦這場冥婚，更加讓人不解的是，為什麼會讓一個和自己妻子有著感情糾葛的人來完成這幅畫像？

這些問題的答案，恐怕只有秦曲才能為我揭曉。

「他，就是這個女人命中注定的歸宿，一個大家族的公子。也可以說，在爭奪這段感情的戰爭中，我的曾祖父徹底地輸給了他，輸得一敗涂地。其實，這是一場無法開戰的戰爭，兩個強大的家族之間定下的契約，又怎麼可能被一個一無所有的畫師所破壞。只不過，在他贏得了這場完全沒有公平可言的競爭之後，卻做了一件萬萬不該做的事情。」

聽到這，我隱隱感覺到一絲不安。對於畫中的男人，秦曲為什麼說得如此含糊？僅僅只用了一句「一個大家族的公子」就草草帶過。他的身分，難道不是這幅畫、這個故事的重點嗎？

儘管心裡裝著種種的疑惑，我卻並沒有向秦曲提問。因為，他所說的「做了一件萬萬不該做的事情」對我來講，更加具有吸引力。也許，這件萬萬不該做的事情，就是他的死因。

我看著秦曲，等待著他揭曉這件萬萬不該做的事情到底是什麼。

秦曲慢慢地站了起來，一步一頓地走向了掛著畫的那面牆，他的每一步都走得鏗鏘有力。

看著秦曲的腳步，我突然感覺背後一涼。

這樣的腳步，我見過。

就在昨晚。

分毫不差。

猛然間，一個念頭湧上心頭，準確地說，那不是一個念頭，而是一個結論。

昨晚，不是一場夢！絕對不是一場夢！

這個結論剛剛釘在心裡，另一個結論立刻就出現了。

既然昨晚不是一場夢，也就是說，現在的秦曲。

已經死了。

「這件萬萬不該做的事情就是……」

我還沒回過神，秦曲已經出聲了。

他站在那面牆前，背對著畫，面向我。

一臉的笑容。

一臉詭異的笑容。

一臉詭異並且恐怖的笑容。

「他殺了這個女人。然後，跟這個女人的屍體，舉辦了這場冥婚。」

秦曲說，冥婚中的屍體不是男人。

而是女人！

「你說什麼？」

我幾乎是驚叫著說出這四個字。

「為什麼要殺人，原因很簡單，因為……」

秦曲似乎沒有聽見我的驚叫，繼續講著自己的故事。

「女人，早已經紅杏出牆，並且，生下了一個女兒。」

「小女孩的父親是……」

我強撐著最後一絲鎮定，問出了一個已經知道答案的問題。

「我的曾祖父。」

故事，竟然出現了這樣的反轉！冥婚中的屍體，從男人變成了女人，原本為情喪命的橋段變成了為情奪命。

我不知道應該相信哪一個故事，或者，我應該忘記哪個故事。也許，這一切根本就不復存在。

我看著劉森，看著小沫。我希望，在這個時候，他們能說點什麼，至於說的是什麼，對我來說，都不重要，我只想他們可以發出一點聲音。

遺憾的是，現在的劉森，已經失去了以往的領袖氣質，他像個剛剛打了敗仗的將軍，目光呆滯地看著秦曲，儘管我不明白，到底是誰打敗了他。

而小沫，只是低著頭，自顧自地低著頭。

「我的故事說完了。接下來，我要做一件事。」

秦曲依舊站在畫的一旁，看著我。

「不，故事還沒有說完。詛咒呢？復活呢？」

我不顧一切地朝著秦曲大喊。

秦曲的臉上出現了詫異，非常的詫異。

「復活？誰告訴你的？」

「你。」

「我？什麼時候？」

「昨晚。」

秦曲的臉上出現了驚訝，非常的驚訝，驚訝之餘，還帶著一些恐懼，很快，這些恐懼就驅趕了驚訝，侵占了他臉上全部的空間。

秦曲一連做了幾次深呼吸，才慢慢地控制住臉上的恐懼。

「看來，真的開始了。」

「什麼？什麼開始了？」

「你的謀殺很成功，只不過，你殺的，不是我。」

「什麼意思？」

秦曲的話，讓我好像明白了一點什麼，可是，仔細一想，又什麼都沒明白。

「哈哈哈哈！」

秦曲突然仰著頭大笑起來，他的笑聲淒涼至極，準確地說，他是用笑聲，演繹著自己的絕望。我不知道他的絕望從何而來，但是，我能清楚地感覺到，這是他內心最深處的絕望。

當我正看著大笑的秦曲不知所措時，他的笑聲又戛然而止。

「既然是這樣。」

秦曲直勾勾地盯著我，雙眼通紅，咬著牙。

「那就開始吧。」

話音剛落，秦曲以閃電般的速度，摘下了掛在牆上的畫，使勁了全身的力氣，用力撕扯著。

轉眼之間，畫卷已經被一分為二，並且，還在被秦曲的雙手不停地蹂躪。

「你幹什麼！住手！」

看著在秦曲手裡已經支離破碎的畫，我發瘋了一樣地朝他撲了過去。

當我略過夾在我和秦曲之間的劉森時。

我感覺自己被他拉了一把，緊接著，一種異樣的感覺從手掌傳遞到大腦神經。

我立刻讓目光落在我的那只手上。

一把匕首！

一把匕首出現在我手裡，我正緊緊地攥著它，刀尖朝著我的正前方，也就是，秦曲的方向。

我認得它。它就是我昨晚殺死秦曲的那把匕首！

突然！

一股力量出現在我的背後，這股力量推動著我，以更快的速度，更大的力量，直直地衝向秦曲！

身體完全不受自己的控制，我就這樣，在這股力量的驅使下，撲向了秦曲。

絕望的眼神！

被死神渲染而出的絕望眼神！

秦曲的胸膛再一次插著一把匕首，匕首的上面，是我緊緊攥著刀把的手。

我殺了秦曲！

第二次，真真切切地殺了秦曲。

我回頭想看看身後的劉森和小沫，我想知道是誰把我推向了秦曲，推向了謀殺。

可是，當我回頭的時候。

我看見的是。

劉小沫，憎恨的眼神，這一次，她的眼神裡，只有我。

她手裡，攥著另一把匕首，一步一步，朝我走過來。

一旁的劉森，看著我們。

笑著，冷冷地笑著。

第六章

時間，幻象，斷裂，復活

我死了嗎？

也許，沒有。

因為，我聽見了自己的呼吸聲。

可是，我明明親眼看見了，劉小沫用她那雙盛滿恨意的眼睛，牢牢地鎖住了我的身體。我像一頭待烹的羔羊一樣，眼睜睜地看著她手裡的匕首，捅破了我左胸膛的皮膚，擊破了我的心臟。

這一切都不是假的，不是一場夢，那是真真正正發生了的事情。我不願意相信，殺死我的人，是劉小沫。我並不怕死，只是，在她結束我生命的最後一秒鐘，我明白了。讓我感受到死亡的，不是已經停止了跳動的心臟，而是，劉小沫眼裡的恨。這樣的恨意，比死亡更可怕，因為，在看到了她眼裡的恨意時，我也看到了我心裡的東西，那是與她眼裡的恨截然相反的東西。

那麼，我真的死了嗎？

不對，我沒有死，我還活著。

我不僅可以清楚地聽到我並不微弱的呼吸聲，還可以真實地感覺到空氣流變全身的感覺，更加重要的是，我還有意識，清醒的意識。很不幸，這一切，都是我還活著最好的證據。

可是，為什麼我的眼前是一片黑暗呢？

我想努力地睜開眼睛，我用盡全身的力氣，想要睜開眼睛。

事實上，我的努力並沒有想像中那麼困難。

光線，從眼瞼中，輕易地就闖進了瞳孔。

「你醒了。」

隨著光線，同時出現的，還有這句話。

而說出這句話的人，就肆無忌憚地站在我眼前。

這個人，就是劉森。

「我死了嗎？」

我問出了一句毫無意義的問題。

「不，你沒有死，你還活著，至少目前還活著。」

劉森笑著對我說，這笑容，和他監督著劉小沫把匕首刺進我胸膛時的笑容如出一轍。

劉森說的沒錯，我的確只能確定自己「目前還活著」。

對我來說，這真是一個不幸的消息。我實施了兩次謀殺，當了兩次殺人犯，兩次殺了同一個人，沒想到，我竟然還活著。

「我又殺了秦曲。」

上一次當我說出自己殺了秦曲時，眼前站著的人，是劉小沫。這一次，當我說出「又」殺了秦曲時，聽眾變成了劉森。

「就像做了一場噩夢，是嗎？」

劉森用了一句這樣的話來應對我所說的謀殺。

對於我來說，劉森的話是徹頭徹尾的嘲諷。這不僅僅是對我的嘲諷，同樣也是對生命的蔑視。每一個人都沒有蔑視生命的權利，因為，那是我們最值得仰仗的權利，上天賦予每一個人唯一公平的權利。

「難道你想告訴我，我又做了一場夢，我沒有殺人，是嗎？難道你不覺得可笑嗎？如果你真的這樣認為，我可以告訴你，這非常可笑。」

是的，我必須要用嘲諷的方式回應劉森。儘管，我已經是一個奪走了秦曲生命，還暫時存活於人世的謀殺者。

「你說的很對，那的確很可笑，所以，我並不打算告訴你一個這麼可笑的答案。」

劉森收起了臉上讓我厭惡的笑容，突然間變得嚴肅起來，似乎接下來的話，會告訴我一些真實而具有信息量的事情。

劉森臉上嚴肅的表情，也讓我莫名其妙地冷靜下來，好像一切都在這一個瞬間從零開始了。

在這樣的情緒和氣氛下，我意識到，在我睜開眼的那一剎那，竟然忘了弄清楚一件最重要的事情。

現在，我到底在哪兒？

我開始環顧四周，很快，答案就浮出水面了。

這個答案，讓我立刻繃緊了全身的神經，因為，這裡，對我來說，是一個……

完全陌生的地方！

這是一個面積不算太大，卻顯得比較寬敞的房間。照明條件非常好，燈光明亮而不刺眼，牆很白，也很乾淨，幾幅用於點綴的油畫祥和地掛在牆上。房間裡的布置很精致，甚至可以說是應有盡有。房間裡的植物很多，讓空氣中的氧氣含量很充足，也很有溫馨安逸的氣氛。正因如此，儘管所有的窗簾都是閉合的狀態，仍然不會讓人覺得壓抑。

但是，這些美好的東西都只是淺淺地浮在表面，在這些並不算厚重的隱藏之下，我可以清楚地嗅到彌漫在整個房間中，透著植物香氣的空氣裡，那一股實實在在的危險氣味。

更加讓我覺得無比被動的，是我現在的狀態。

我躺在一張屬於這個房間，卻是我完全陌生的床上，劉森則是正襟危坐地和我面對面，並且，他的表情很明顯地告訴我，他對這裡的一切，都不陌生。

「這是什麼地方？為什麼我會躺在這兒？」

我沒有做多餘的動作，也沒有夾雜多餘的情緒。我不希望劉森感覺到我心裡的不安。

可是，一件加重我不安情緒的事情在我提出這兩個問題之後，突然發生了。

「這裡是我的工作室。」

這不是劉森的回答，而是從房間裡的另一個角落傳來的聲音，一個陌生的女人聲音。

這個突然出現的女人聲音，讓我不得不拋下了劉森，把目光轉向另一邊。

「是你！」

「當然是我。」

她的出現讓我明白了。

所有的一切，都是出自她手，也只有她，才擁有這樣的能力。

「你的反應沒有我想像中的激烈。」

她手裡端著一個碗，裡面不斷地湧出熱氣。

「是嗎？看來，我的反應讓你失望了。」

我艱難地把自己陷在床上的身體拉扯起來，掠過坐著的劉森，一步一步地走向她。

這一次，是我主動地逼近危險、逼近陰謀。

「我沒有失望，相反，我覺得很欣慰。你成熟了、冷靜了，也學會了臨危不亂，這一點很重要。我需要你具備這樣的素質，這也是能確保你和小沫繼續活下去的必要條件之一。」

我不認為這段話是對我的誇獎，也沒有因此而覺得高興。只不過，這段話裡的兩個重要信息引起了我的注意。第一個是「確保我和小沫繼續活下去」，這是劉森早已經在我面前提過的。而第二個是「條件之一」，我很想知道，除了這「之一」的條件之外，剩下的是什麼。

這樣的想法剛剛在大腦裡閃過，還沒來得及做片刻的停留，我就立刻想起了另一件事。

我是一個殺人犯！我殺了秦曲！

我想，沒有人可以做出擔保，能讓我這個殺人犯繼續活下去。

「在你說出其他的條件之前，怎麼讓我這個殺人犯可以逍遙法外，才是最應該解決的問題吧。」

我看著她，並不是期望她能告訴我一個脫逃法律的辦法，而是在向她表達一個信念，我寧願面對死亡，也絕不會背負著罪惡苟延殘喘、偷生於世。

當然，這樣的信念不是因為我擁有什麼樣的正義感或者贖罪的打算，只是因為對於我來說，死亡，才是真正的解脫，也是比任何事情都更容易去面對的。

「先吃點東西吧。」

一個熱氣騰騰並且被香味包裹著的碗橫在我和她面前。

我知道，這是她慣用的伎倆。用所有人都能一目了然的方式短暫地岔開話題，而後，再以一個上帝一般的視角重新演繹出一段新的故事。

「拿開！」

我沒有做出肢體動作，只是用聲調和眼神告知她壓抑在我心裡的防備。

「你不可以這樣對老師說話。」

一個陌生的聲音從房間的某個角落衝出來。

幾秒鐘之後，這個「聲音」已經站在我面前。

「你是？」

我不屑地問道。

「我是老師的學生。」

一句廢話一樣的回答扔給了我。

「我也認為你不應該這樣跟她說話。」

沒等我對這個陌生人做出進一步的還擊，劉森已經走到我身邊，穩穩地說出了這句話。

「那我應該怎麼說話？」

「你知道她是誰嗎？」

劉森面無表情，冷冷地盯著我。

「我當然知道，她是杜卓雯。」

整整一年的時間，這個名字從來就沒有從我的心裡離開過。我故意不在任何人面前提及這個名字，不在任何時間主動想起這個人，我希望可以用這樣的方式，讓自己慢慢地淡忘掉這個人。可是，很多事往往都是這樣，越是想要刻意地去忘記，就會記得越清楚。也許，每一次為了想要忘掉所做的努力，都是一次刻骨銘心的想起吧。

「你不應該直呼她的名字。」

劉森的臉上出現了慍怒，對這個喜怒從來都不形於色的人來說，這樣的表情顯得有些誇張了。

「那又怎麼樣呢？」

我同樣用慍怒的表情做了回應。

氣氛冷到了冰點。我和劉森之間，似乎建立了一種新的敵意。我可以確定，這種敵意是劉森不願意見到的，但是，為了杜卓雯，為了她的權威，劉森又覺得這樣的敵意是值得的。

「沒關係，名字本來就是用來叫的，只要你覺得方便，怎麼叫都無所謂。」

杜卓雯出面打破了已經凝固的空氣。

「我來介紹一下。」

她輕描淡寫的語調讓我不得不暫時放下了眼前的劉森，轉而把注意力交給了她。這是一種天生的氣質，一個已經到了知天命年紀的女人，用她依舊華麗的外表、足以感染每一個人的熱情把這種氣質演繹到了極致。這是一種與生俱來的領袖氣質，也是一種足以讓人感到畏懼的能量。認識杜卓雯之前，劉森就是這種氣質的代言人。

杜卓雯伸手輕輕地拉了一下剛剛和我有過瞬間交戰的陌生人，她的動作，讓我們兩個人之間的距離略微近了一點。

「這是我的學生，也是我最親近、最得力的助手。」

說完，杜卓雯扭頭看了一眼她的學生。作為杜卓雯最親近、最得力的助手，當然可以通過一個眼神，明白老師此刻最需要自己做出的表示。

「你好，我叫倪輕。」

她有些不情願，可還是向我伸出了右手，一邊表達著被強迫出來的友好，一邊等待著我的回應。

我上下打量著眼前這個和我年紀相仿的女孩，她的長相不錯，雖然不如劉小沫那麼的溫婉動人，卻也擁有著非常精致的五官。不過，能讓我記住的，是她給我的一種感覺，是一種陌生的親切感。這種感覺很微妙，並不是我熟悉的，也不是似曾相識的，但是，這種感覺又能讓我清晰地體會到那種可以讓人短暫地放下戒備的親切。我想，這樣的感覺也許是因為她蘊藏在血液裡的無攻擊性吧。至少，在我希望她是一個無攻擊性的人。

儘管如此，我還是沒有對這個無攻擊性的陌生人給予最起碼的友好。我把手放進褲兜裡，眼睛轉向另一邊。

「你不能這麼沒有禮貌。」

短短的數分鐘時間裡，我已經第三次聽到這樣的指責。只不過，這第三次出現的聲音，讓我不能再用絲毫怠慢的情緒去面對。因為，這聲音的主人，就是拿著匕首，想要殺死我的：

劉小沫。

她從杜卓雯的身後閃出來，嚴厲地看著我。

「你……你為什麼要……為什麼要殺我？」

我推開擋在我和劉小沫面前的杜卓雯，站在她面前最近的地方。我從來沒有以這麼近的距離看著小沫。這一次，我的聲音有些顫抖，然而，比起聲音，更加顫抖的，是我的心。

「你說什麼？」

劉小沫的聲音，比我更為顫抖。

「我說你要殺我，為什麼要殺我，聽明白了嗎？」

我雙手抓著她的肩膀，用力地搖晃了兩下。

本來，我還想做出更激烈的動作，可是，兩次用力地搖晃之後，我彷彿因為用盡全身的力氣而虛脫，再沒有能力做出其他的動作了。

劉小沫看著我，沒有說話，也沒有試圖掙脫我抓著她肩膀的手。她只是這樣看著我，一動不動，穩若磐石。

「怎麼不說話了？說啊，告訴我，為什麼要殺我？」

我的音量在不斷擴大，近乎到了歇斯底裡的狀態。我想知道，我迫切的想知道，小沫為什麼要殺我？是劉森的命令？是詛咒的驅使？還是為了自保而不得不進行的屈從？沒有一個理由足以說服自己，我相信，小沫不會因為這其中的任何一個原因而殺我。那麼，剩下的，就只有一個解釋，就是還有一個隱藏在最深處、沒有人知道的秘密，至少，是我不知道的秘密。

劉小沫依舊看著我，一動不動，穩若磐石。更加奇怪的是，坐在不遠處的劉森，近在咫尺的杜卓雯都採取了和小沫一樣的方式，靜靜地駐守在原地，冷冷地欣賞著我的失態和瘋狂。

「說話！告訴我，為什麼？」

不知道從身體的哪一個角落，我找到了一點遺漏的力氣，利用這一點意外的收穫，我又用力地搖了兩次小沫的肩膀。

這一次，我更多的是想表達對劉小沫的怨憤，強烈的怨憤。她明明可以一刀捅進我的身體，徹底地結束掉我的生命。可是，她為什麼不這樣做？為什麼還要讓我有再一次睜開眼睛的機會？她沒有殺死我，但是，我卻殺死了秦曲，我是殺人凶手，我一定會死。如果可以讓我選擇，我當然願意死在小沫手上，而不是在眾目睽睽之下，被一個陌生人以執行任務的名義把子彈送進我的後腦。我討厭沒有尊嚴的死亡，我討厭被蹂躪的死亡，小沫是唯一一個有機會讓我不受臨死前折磨的人，但是，她竟然放棄了這個機會，把我推向了地獄的最底層。

就在我對劉小沫充滿怨憤的搖晃結束的一剎那，她突然反手抓住了我的胳膊，她的力量驚人，讓我難以想像如此的壓迫力出自這樣一個弱小的身體。劉小沫把我的身體向她自己拉近，眼神變得有力，牢牢地控制著我的眼睛。

看著小沫眼中噴湧而出的力量，我明白了，小沫並不是不回答我的問題，而是，她不想用語言來回答，她要用她的眼睛，用她那雙會說話的眼睛來回答我。

我看著劉小沫的眼睛，劉小沫也看著我的眼睛。周圍的一切都拋棄了我們，或者說，我們摒棄了周圍的一切。她在告訴我答案，沒有聲音，沒有動作，沒有表情，只有兩條緊緊捆綁在一起的視線。

答案，就在其中。

「她沒有殺你，因為，你還活著。」

劉森突然出現的聲音像利刃一樣割斷了我和劉小沫之間那條不被旁人所見的絲。

他已經站了起來，一步一步地向我靠近。

「你也沒有殺人，因為，沒人因你而死。」

我相信劉森所說的第一句話，事實上，我的確還呼吸著人間的空氣。我不相信他所說的第二句話，我見證了自己殺死秦曲的每一個瞬間，並且，殺了他兩次。

「是嗎?」

我和小沫之間的聯繫已經被劉森切斷，我只能被迫地放掉小沫，轉而應對劉森的「侵入」。

「我不知道你們和秦曲是什麼關係，我也不知道他為什麼會出現，我更加不知道為什麼你們會安排讓他死在我的手裡。我通通不知道，現在，我也不想知道。既然我已經殺了他，你們又讓我活到現在，我只能確定一點，就是我一定已經陷入你們布下的陰謀之中。但是，我想告訴你，劉森，這一次，我要讓你失望了。」

說到這，我主動向劉森靠近了一步，讓他可以清晰地感受到我對他的憎恨。

「我要自己決定自己的命運，自己選擇自己的死法。我現在就去自首，並且，把所有的事情都截止在我一個人身上，我不會再成為被你擺弄的工具，也不會再當你那些用花言巧語演繹仁義道德的聽眾，我聽膩了，也看夠了，我要把一切都結束，用我的死，來結束。就在今天，就在現在，不過，我還是要給你一個最後的警告，如果下輩子還能遇見的話。」

我盯著劉森，咬著牙，一字一頓地說出了今生希望對他說出的最後一句話。

「我們都不要記得對方。」

我說完了我想說的話，沒有立刻轉身離開，我在等待，等待劉森給出回應，我不確定自己到底把他當成今生短短幾十年時間中的什麼人，我希望在他給出回應之後，可以有一個能說服自己的答案。

可是，我的等待沒有換來他的回應，在這漫長的十幾秒時間裡，房間裡除了寂靜，沒有剩下任何東西。

好吧，也許他並不認為這是結束，也許他還會做出很多我預想不到的事情，不過，那都已經跟我沒有關係了。有太多的問題沒有得到答案，有太多的死亡還沒有找到原因，當然，這些死亡當中，不僅僅只有秦曲和我。

還有……

他們……

我最後看了一眼劉小沫，把僅剩的那一點點對這個世界的留戀全部融進這最後一眼當中。

然後，我低著頭，轉過身，朝門口的方向走去。我沒有再讓任何人的影像進入我的視野，我知道，對這個世界的最後一點點留戀，就是那個名叫劉小沫的身影。

現在，我要去履行我的承諾了，把所有的一切，在我身上截止。

「等等。」

我的身後，毫不意外地出現了一個制止的聲音。這雖然是一個我意料之中的女聲，不過，卻不是小沫的聲音。我沒有理會，繼續保持著自己的運動速度和方向。

「你的確殺了人，不過，不是秦曲。」

她的這句話讓我稍微放慢了些速度，卻沒能讓我改變方向。

「不知道他的名字，卻殺了他。」

我幾乎停下了腳步，沒錯，是「幾乎」。我沒有轉身，沒有靜止，房門就在我眼前，觸手可及。跨出去，迎接我的，就是死亡，同時，也是新生。

「他活著時，你沒跟他說過一句話，他死後，你們倒完成了一次面對面的交談，難道，你不覺得一切都是命中注定嗎？」

我停下來了，完全靜止下來，背對著她。

「你為什麼要殺他？」

「我沒有，我沒有殺他，那是意外！」

她的話，就像一顆子彈，穿透了我的身體，沒有擊中要害，只是像一團燃燒的火，穿透了我的身體，正是因為沒有觸及要害，才能讓我更加清楚地感覺到那種疼痛。這是一種沒有辦法用語言來形容的疼痛，也就是這瞬間產生、卻久久不能逝去的疼痛讓我咆哮著轉身面向她。

我知道，這一次的轉身，讓我遠離了重生的死亡，靠近了死亡的延續。

我，又一次進入了地獄的最底層。

「那是意外，跟我沒有關係，那只是意外，你聽懂了嗎？」

我快速走向她，走向把我拉進地獄最底層的女人。

而她，依舊平靜地看著我，沒有勝利者的表情，沒有侵略者的氣勢，只有平靜，掌控一切的平靜。

她就是這樣的人，這樣一個可以肆意遊走在地獄和人間的人。

杜卓雯！

「如果那是一次意外，那麼，你口中所說的秦曲，就只是一個幻象，一個被你殺死在時間裡的幻象。」

一個幻象？

杜卓雯給出了一個看似最合理的解釋。

一個幻象。沒錯，這的確是一個最合理的解釋。莫名的出現，莫名的死亡，莫名的消失，秦曲應該的存在方式，只可能是一個幻象。

可是，他真的是一個幻象嗎？兩次被我親手刺破的胸膛，兩次為時不短的交談，一張我可以清晰回憶出的臉，這一切，難道真的可以用一個幻象來解釋嗎？

而更加重要的是，為什麼會出現這樣的幻象？

「我不明白你說的是什麼意思。我也不相信他是一個所謂的幻象，我真正親手殺了他，他是真實存在的，不是幻覺。」

我不願意承認杜卓雯的話，但是，我又多麼希望她所說的都是真的。如果秦曲真的只是一個幻象，至少，在我結束生命的那一刻，我不必思考如何向即將在地獄裡碰面的秦曲道歉，為我殺了他而道歉。

「我想，你沒有聽清楚我所說的話。沒關係，我可以再重複一遍。我說的是，他只是一個幻象，是一個被你殺死在時間裡的幻象。」

這一次，杜卓雯特意把其中三個字加重了語調。她語氣的改變，讓我注意到剛剛被忽略掉的一個名詞。

時間裡！

「我……還是不明白你說的是什麼意思。」

我不知道杜卓雯想要強調的和我所理解的，是不是一樣。不過，不管她想強調的是什麼，我現在都越發的不明白她想表達的是什麼？

「坐下來，我們慢慢說，時間，還有的是。」

杜卓雯向我發出了邀請。

時間還有的是？對我來說，時間到底還剩多少，我想，她一定比我更清楚。

「來吧，坐下，我們慢慢說。」

小沫走過來，輕輕地拉了一下我的手臂。她的語調，她的動作，還有她的眼神，讓我看到了我最熟悉的那個劉小沫。

我沒有拒絕。不是因為我不想拒絕，而是，我還沒有找到此刻應該拒絕他們的理由。

杜卓雯的工作室裡，我、劉森、劉小沫、杜卓雯、還有第一次見面的倪輕。五個人，各自找到了各自的位置，做好了迎接這場即將開始卻又不應該存在的談話的準備。

所有人的目光都聚焦在杜卓雯的身上，這場談話的開始，當然要由杜卓雯發起。

「我需要你相信接下來我所說的每一句話，不論你是否可以聽得明白，你必須要對我建立起足夠的信任，哪怕只有這麼一小會兒。我知道，對於你來說，這是一件非常困難的事，但是，我要求你務必要做到。」

我原本以為，杜卓雯會開門見山地直接開始她一定早已準備好的演講，沒想到，她的開場白竟然是向我提出了一個我根本沒有辦法做到的要求。她說的沒錯，對我來說，這的的確確是一件非常困難的事，況且，我也沒有打算這麼去做。

「你的要求，我……」

我的「做不到」三個字還沒有說出口，腦子裡突然閃過了一個念頭，這個念頭讓我把話停在了這個「我」字上。

我沒有辦法相信她，這是一個不爭的事實。但是，反而言之，現在，我不相信她，我又有什麼理由坐在這裡聽她侃侃而談一番自己根本不相信的言論呢？我沒有為自己找到拒絕聽下去的理由，那麼，我現在又能為自己找到不相信我即將聽到所有內容的理由嗎？顯然，這是一個悖論。杜卓雯說的很清楚，她只需要現在這麼一小會兒，也就是說，她只需要我相信她準備告訴我的這一點點信息而已。

我非常不喜歡這種感覺，我沒有選擇，沒有做出任何選擇的餘地，可是，我的生活中，何嘗又不是被這樣的感覺貫穿始終呢？

「好吧，我會照你說的做。」

「謝謝。」

三個不同的聲音竟然在我做出承諾之後的第一時間同時發出了。

杜卓雯、劉森、劉小沫。

他們三個同時跟我說了。

「謝謝。」

「我要說的第一句話……」

還沒等我對這三個同時出現的「謝謝」做出反應，杜卓雯就迫不及待地進入了自己的時間。

而我，又一次沒有選擇地成為了她的聽眾。

「在座的所有人，除了你之外，沒有誰見過秦曲。」

杜卓雯的第一句話就讓我有了石破天驚的感覺，這樣的感覺也讓我意識到，信任，被強迫地建立起來了。短短的一瞬間，也許是因為無助，也許是因為別無選擇，這種病態而短暫的信任就這樣橫空出世了。

我沒有說話，沒有做出任何動作，只是盡全力控制著自己的表情，扮演好一個沉默的聽眾。這樣的角色，同樣沒有選擇。

「每一個人存在於這個世界上，除了空氣、陽光、水、食物等等熟知的必需品外，還有兩樣不可或缺的東西。其中一個，是信仰，那是活下去的原因，不管是對追求的信仰、對罪惡的信仰、對慾望的信仰，這一切，是每一個人都具備的靈魂，除了肉體之外最重要的東西。另一個，就是時間。時間是一個很奇妙的東西，它承載所有尚在人間的肉體，不停的記錄，沒有終結，從不斷裂。可是……」

杜卓雯突然站起來，以最快的速度走到我面前，俯下身，把她的臉靠近我的臉。

四目相對，從她的眼睛裡，我明白了為什麼她如此渴望我的信任，哪怕只有這麼一小會兒的信任。因為，我可以確定，她打算告訴我的東西，是她最值得驕傲的，也是她的全部。

「沒有人會想到，時間除了會保持前進之外，還會朝另一個方向運動。」

「朝另一個方向運動?」

我沒有辦法再保持沉默，忍不住開口向杜卓雯提出了問題。

「沒錯!」

杜卓雯沒有介懷我打斷她的話，相反，她似乎很高興我可以提出這個問題。她微笑著，慢慢直起身，又一步一步地走回自己剛剛的位置，坐了下來。

「你知道，我是研究物理學的。任何力量，都是相對存在的。我們已知的時間，是不停地向前翻滾的，既然有向前的力，就一定會有向後的力，換句話說，有不停流逝的時間，也就有不斷逆行的時間。我把它稱之為。」

杜卓雯故意做出了一個停頓，然後說了三個字。

「悖時間。」

進入耳朵的這三個字，讓我給了杜卓雯一個最真實的反應。

「我完全聽不懂。」

我的話音剛落，一直在房間角落裡的倪輕突然說話了。

「這是老師最近才完成的成果，還沒有對外界公布。除了老師之外，只有我是最瞭解的，你第一次聽到，聽不懂是很正常的。」

倪輕這番話讓我覺得有些奇怪，原本只是做一個再正常不過的解釋，可是，她的語氣讓這樣一句正常的話增添了一些別樣的感覺。

杜卓雯沒有給我細細品味倪輕這句話的時間。

「打一個簡單的比方，就像你在紙上畫一條直線，如果你是按照從左至右的方向畫出，我們就可以假設右方是這條直線的正方向。那麼，我們在直線起點的位置向左延伸，也就可以把這條朝左的延伸線作為這條直線的反方向。時間也是一樣，每一個人都會把正在前進的時間認定為正確的時間方向，沒有人會去想，在直線的另一端，還有一條同時延伸的時間線，這就是我所說的……」

「等等！」

杜卓雯用最簡單的語言解釋著一個我從未聽過的名詞，我不得不承認，她的講解淺顯易懂，也幾乎讓我聽明白了她口中的「悖時間」大概的含義，可是，我在這個時候，打斷了她的話。

因為，我意識到，我強迫自己給出的信任，已經把我推向了失去理智的邊緣。

「你是不是想說，在正常的時間方向裡，秦曲是不存在的，我看見的秦曲，是在反方向的時間裡，而這條反方向的時間延伸線中，只有我一個人可以跨越，所以，我看到的一切，包括在那條反方向時間中存在的劉小沫、劉森，都只是一個幻象，我是在那裡殺了秦曲。」

我相信，剛剛所說的這段話，是杜卓雯想要給我的最終解釋。在聽到自己說出口之後，我意識到，贈送給他們的信任，是多麼的滑稽可笑。這樣一個天方夜譚的答案，就騙取了我幼稚的信任，更加差點讓我忘了自己謀殺者的身分。

「不，我是想說……」

「不用說了。」

杜卓雯剛剛開口，我又打斷了她的話，短暫的信任在短暫的時間之後，已經徹底崩塌了。

「我努力讓自己做到對你的承諾，可是，你的話，實在是太滑稽了，你的言論，我沒有辦法相信，與其相信你所說的什麼悖時間，什麼反向時間，我認為，秦曲的屍體更加值得相信。」

我的話沒有讓杜卓雯有任何的不悅，她也沒有打算把自己剛剛沒有說完的話繼續下去。她微笑地看著我，禮貌、謙和，並且給予了非常多的尊重。

「沒關係，既然你不信，我也沒有繼續說下去的必要了。那你現在打算怎麼辦呢？」

「我已經說過了，讓所有事情，都在我身上截止。」

對我來說，這是一種解脫，即使是面對死亡，也比活著更為輕鬆。

我把手伸進了自己的上衣口袋，結果令我非常滿意，我的手機還在。這個時候，我不需要再下定什麼決心了，一切都該結束了。

拿出手機，我在通訊錄裡找到了一個名字。

林晉。

他是我唯一認識的，也是值得相信的局外人，最重要的是，他是警察。

我沒有絲毫的猶豫，撥通了林晉的電話。

一秒鐘之後，電話被接通了，速度快得讓我措手不及。

「喂，林晉，是我。我想告訴你，我……」

「殺了人」這三個字還在嘴裡，林晉的話就已經通過電波搶先進入了我的耳朵。

「我正要給你打電話，結果你的電話就進來了。現在什麼都不要說，趕緊過來一趟，我有急事找你，越快越好，有什麼事見面再說。」

林晉急迫的聲調讓我的思路不得不跟著他進展下去。

「找我什麼事？」

手機聽筒裡，林晉的聲音越來越急促。

「我這邊有人想見你。」

「誰？」

「他說他叫秦曲。」

第七章

一場沒有成功的謀殺。

電話掛斷了，事情又一次發生了翻天覆地的變化。

原本希望林晉可以用警察的身分接受我的自首，由他親自為我戴上手銬，再讓我為謀殺秦曲而結束自己的人生。沒想到，一通電話之後，秦曲竟然又出現了。

並且，是以活人的身分出現！

我越發的不知道事情到底是怎麼一回事，難道杜卓雯所說的悖時間真的是成立的？難道我真的是在時間的反方向裡殺了秦曲？而現在正和林晉在一起，提出要見我的人才是正方向時間裡的秦曲？可是，他為什麼要見我呢？又是怎麼通過林晉找到我的呢？這一次的見面，是否又會是一場預謀中的謀殺，被殺死的人，是秦曲還是我？

無數的問題隨著電波的中斷，湧進了我的腦海。我失去了主張，失去了控制，失去了所有可以讓我以一個正常人的姿態存活於世的基本條件。

「看來你遇到了一件比起自首更為重要的事情。」

杜卓雯的話出現在我一團亂麻一般的腦子裡。

我感到天旋地轉，甚至在一個瞬間，我想到了。

自殺！

用自我了結的方式，把所有事情截止在我一個人身上。

「是啊，的確比自首更重要。」

我給杜卓雯的回答，也是給自己的回答。

沒有錯，這件事當然比自首更為重要，因為，我沒有辦法去對林晉說，我殺了人，我要自首。而被殺的人，現在。

就在林晉身邊。

「叮」

在我話音落下的同時，另一個聲音緊接著響起了。

我的手機短信提示。

打開短信，一行文字占據了手機屏幕上不大的位置。

短信來自林晉，內容是一個地址，顯然，是林晉和秦曲等待我前往的地址。

只不過，這個地址有些奇怪。

不是林晉所在刑警中隊的地址，也不是任何一個我熟悉或者曾經出現過的地方，這個地址給出的位置是一家醫院。

為什麼會是一家醫院？林晉為什麼會在醫院遇到秦曲？又或者是，秦曲為什麼會在醫院找到林晉？

秦曲這一次的出現，比以往的兩次顯得更加匪夷所思。

與此同時，林晉焦急的語氣隨著手機屏幕上的這一行字一起衝擊著我的眼球。沒有時間多想了，我必須馬上趕到他們所在的那個地方，不管為什麼，不管那是哪裡，我知道，我都必須以最快的速度出現，也許，這是我解開事情真相的最後機會了。

沒有多餘的話，沒有多餘的動作，我立刻轉身離開了現在的位置，撲向門口的方向，奪門而出。

在我的身體離開房間的一瞬間，房間裡傳出了小沫的聲音。

「我回家等你。」

我沒有做出回應，門關上了。

離開了杜卓雯的工作室，我甚至沒有記清自己是怎樣脫離這個彷彿與世隔絕的地方，一片混沌之後，我已經站在了馬路邊，看著一輛一輛飛馳而過的汽車。

世事往往就是這樣，每當越是想要達到何種目的的時候，越是會發生許多阻礙。我在路邊焦急地等待，卻始終沒有一輛可以載我去往秦曲身邊的車出現。

時間一分一秒地向著杜卓雯口中的正方向翻滾，我覺得真相也在一分一秒地向我遠去。我不明白為什麼會有這樣的想法，大概是因為林晉焦急的語氣吧。我一邊朝著車流迎面而來的方向張望，一邊在心裡默默地安慰自己。

「快了，快了，就快來了。」

突然，伴隨著一聲刺耳的煞車聲，一輛暗紅色的 Jeep 越野車從天而降一般地停在我面前，緊接著，副駕駛的車窗也迅速降下。

一個人，一個我萬萬沒有想到會在此刻出現的人坐在駕駛位上，透過已經搖下的車窗，看著我。

「上車吧。」

「倪輕？」

無論如何我也不會想到，在我最需要一輛車的時候，出現的人竟然會是倪輕。

「老師說，這個時候很難打到車，讓我送你去。」

我猶豫了。

坦率地說，這個時候，我根本沒有拒絕倪輕的理由。可是，一種本能的自我保護意識讓我猶豫了。

她只是單純的幫忙嗎？杜卓雯、劉森只是單純的幫忙嗎？我不知道，沒有辦法確定。

她有其他的目的嗎？杜卓雯、劉森有其他的目的嗎？我也不知道，也沒有辦法確定。

我看著眼前這輛暗紅色的 Jeep，它紅得像凝固的血，像那幅寫滿了詛咒的畫裡的顏色。

「發什麼呆，趕緊上車呀，你不是很著急嗎？」

倪輕睜大了眼睛，催促著我。

好吧，看來我再一次進入了別無選擇的境地。我不明白，為什麼每一次我都會在這樣別無選擇的局面下做出選擇。

我拉開了車門，坐進了這輛紅得像凝固的血、像畫中顏色的 Jeep 裡。我把短信中的地址複製進手機導航裡，很快，我和倪輕被車流淹沒了。

我看著窗外向身後快速移動的城市，在心裡默默地祈禱。

我希望，真相隨著車輪離我越來越近，身旁的倪輕，真的可以像給我第一眼的感覺一樣，毫無攻擊性。

「你知道老師和劉教授父女的關係吧。」

倪輕開著車，突然說了這句話。

已經有很長時間沒人在我面前用「劉教授」這個稱謂稱呼劉森了，乍一聽到，我還有些不適應。

倪輕的話也非常突然，我想，她一定很清楚我和她口中的老師、劉教授父女這三個人之間的故事，所以，這句話說的完全沒有意義，我也不明白在這個時候她為什麼會說出一句這樣的話。為了保持和她之間應有的安全距離，我選擇了安靜，儘管有些不禮貌，在這個狹小的空間裡，這是我覺得最好的方式。

倪輕做了片刻的等待，沒有得到我的回應之後，她仍然繼續著自己想說的話。

「劉教授的第二任妻子，也就是老師的孿生姐姐去世之後，老師就成了劉教授在這個世界上最重要的夥伴。在學術上，他們一起創造了太多的奇跡。我很慶幸，老師讓我可以一直留在她的身邊。」

倪輕像是自言自語，又像是在向我炫耀著她和杜卓雯之間的關係。從她的語氣中，不難聽出，她對於自己的這位老師，甚至包括劉森，都是相當敬重的。

不過，我還是沒有和倪輕進行對話，我只是不斷地看著自己手機導航裡顯示的距離和城市道路上早已經超負荷承載的車輛。

「你知道嗎？其實老師的心裡，一直都對劉教授……」

「你今年多大了？」

我用了一個冒失的問題打斷了倪輕的話。倪輕對我突如其來的冒犯也顯得有些意外，不過，她並沒有生氣，短暫的停頓之後，回答了我的問題。

「我跟小沫是同年的。」

「也就是比我小了。」

「是的。」

「好，不管你的老師還是劉森對你有多麼重要的影響，或者說他們對你有多好，你都不能去強迫另一個人像你一樣喜歡他們，就像我不會強迫你像我一樣……」

說到這，我停了下來，我想找到一個合適的詞語來形容我對他們的感覺。

仇視？憎恨？無法擺脫？

我沒有找到適合的詞語，所以，我的話，也就停在了這裡。

「我知道我沒有辦法要求你去做什麼，我只是想讓你可以多瞭解一下他們和他們所做的事情。」

我不想再繼續和她交談下去，又重新回到了用沉默應對的方式。倪輕也感覺到了我對她的態度，這句話說完之後，車內變得沉默。

我和倪輕之間，只剩下手機導航的語音提示偶發出的聲音。

距離越來越近，我的心情也越發地緊張起來。我開始不能安穩地坐著，只能用一些幅度不算太大的動作來緩解心裡情緒的變化。

身體的動作讓視線在車廂內移動，不經意間，餘光掃到了後排座位上的一樣東西。

我轉過身，把它拿在手裡。

一本書。封面上寫的是：

《迷局——無妄輪迴》

「你看過我的書？」印象中，這是我第一次主動對倪輕說的話。而這一次，倪輕選擇了用沉默應對我。我習慣性地把書翻開，書內夾著書簽。這枚精致的書簽，標記著這本書的其中一頁。

不知道是巧合還是故意為之，我看到的：

竟然是這一頁！

這一頁，讓我明顯地感覺到背後一涼。

這一頁，記錄著我第一次與 X 面對面時的場景，也就是說——

這一頁，記錄著我第一次與一只鬼面對面時的場景。

我轉頭看著倪輕，剛想說點什麼，車廂內突然出現了一個聲音。

「目的地已到達，本次導航結束。」

突然出現的聲音打斷了我即將說出口的話。

倪輕把車停下了。

「到了嗎？」

我把書合上，重新放回我發現它的位置，整理了一下有些異樣的思緒。看著車窗外一座名字與林晉短信中一樣的醫院。

「到了。」

做了一個深呼吸之後，我和倪輕同時下了車。

「謝謝，你走吧。」

跟倪輕說了一句最簡單的告別之後，我轉身朝這座醫院的內部走去。可是，步子還沒邁開，倪輕的聲音就拽住了我。

「老師讓我陪你一起，結束之後，再送你回家。」

雖然我沒有想到倪輕會這樣說，不過，她的話也沒有讓我意外。我不打算拒絕她，因為，剛剛的話，我還沒來得及說。或許，這裡的事情結束之後，我會有一點時間，可以把想說的話說完，當然，前提是，那個時候，我還活著。

「隨你。」

我和倪輕，一起快步朝這座大樓走去。

這間醫院不算太大，人也不是很多。幾分鐘的步行路程，我和倪輕已經走進了醫院主樓的大廳。

剛一走進大廳，一個熟悉的面孔就以非常快的速度向我靠近。

他，就是林晉。

還是我最初認識他的模樣，一件干練的黑色皮夾克，牛仔褲，三十五六歲的年紀，像是剛剛刑滿釋放的短寸頭，面無表情，冷靜、沉著、果敢，天生的刑警。

但是，今天的林晉，多了一點很難察覺卻又在絲絲點點間從眼睛裡流露出來的東西，並且，是絕對不應該屬於他的東西：

慌張。

這是我從他眼睛裡品味出的為數不多的慌張。

不，不應該說為數不多，應該說是鳳毛麟角才對。

「好久不見。」

對著林晉說出這句話的時候，我感覺到自己的臉上似乎帶著一點笑容。我已經記不清自己有多長時間沒有笑過了，再次和林晉的相見，讓我或多或少有了些安全感。

不過，林晉對我的寒暄好像並不感興趣，眼神直接落在了倪輕身上。他滿眼的警惕和職業性的懷疑，上下來回打量著倪輕。

不過，林晉的審視沒有持續多長時間，還沒來得及給倪輕造成什麼不舒服的感覺時，林晉已經扭頭轉向了我。

「快走吧，邊走邊說。」

說完，立刻轉身邁開了步子，我和倪輕也只能被動地追逐著林晉的腳步。

林晉走得很快，我不停地加快自己的速度來保持著和他肩並肩的位置關係，而緊緊跟隨的倪輕，幾乎開始小跑起來。

「今天早上，發生了一件奇怪的事。」

林晉突然轉頭看著我說了這句足以讓我全身的神經都緊繃起來的話。

「什麼事？」

林晉的腳步沒停，我也不能停。我盡可能地控制著自己的呼吸，讓語氣可以平穩一些。

「一個陌生人，到我們隊裡，點名見我。」

林晉邊走邊說，眼神也重新回到了正前方。

他的話，讓我立刻明白了這個陌生人是誰。

「秦曲？」

我的話音剛落，林晉的腳步戛然而止，轉頭盯著我，他的眼神，彷彿要穿透我的身體。

「原來你真的認識他。」

我知道，我的語氣說明了一切，我也知道，林晉是故意只把話說了一半，他就是要求證我是否認識秦曲，現在，他得到了答案。

我說過，他就是一個天生的刑警。

我一時有些語塞，支支吾吾地說。

「不是你說有個叫秦曲的人要見我嗎？」

我知道，其實這個時候說這些話已經毫無意義，林晉已經得到了他的答案。

我說完之後，林晉根本沒有理會，轉身繼續著他的步伐，我也只能繼續快速地跟著。

一路渾渾噩噩，機械地跟著林晉閃電一般的步伐，我們通過大廳，走上轉角的樓梯，又穿過了一條陰森的走廊，直到看到幾個穿著制服的警察遠遠地站著，像是在一起討論什麼。

這一路，林晉一言不發。

我們剛剛出現在那些警察的視線中，其中一個人就快步朝林晉迎了過來，輕輕地喊了聲。

「林隊。」

林晉沒有回話，只是用眼神答復了他的部下。

緊接著，發生了這樣的一幕。

迎過來的警察朝林晉搖了搖頭，眉頭擰在一起，嘴角向下撇著。

林晉的眼睛睜大了一下，隨後也把眉頭擰在一起，點了點頭。

警察轉身離開了。

林晉轉身看著我。

我明白了這一場無聲無息的交流代表著什麼，我也明白此刻林晉看著我的眼神代表著什麼，我不知道現在在林晉的眼中，我是什麼樣的表情，是什麼樣的眼神，我能知道的只有一件事……

「他死了。」

林晉沒有封存答案的打算，非常平靜地告訴了我一個不用想也知道的結果。

不過，林晉說錯了。

正確的說法應該是：

他又死了。

但是，林晉口中的「他」是被我殺了兩次的秦曲嗎？我不得而知。這一次的「死」是真的嗎？我也不得而知。

我站著，筆直地站著，沒有說話，沒有東張西望，就這麼站著。

我的正前方，目光直直地經過的地方，站著林晉，同樣筆直地站著，也沒有說話，沒有東張希望，就這麼站著。

我和林晉之間，形成了一種對峙，一方承受著懷疑，一方承擔著信任的對峙。我們摒棄了所有的干擾，使用著都以為對方可以感受到的頻率，無聲地對峙著。

「跟我來。」

不知道這種對峙持續了多久，林晉突然說了這三個字。

說完，林晉轉身朝一扇門走去，我也只能跟著他。

林晉撥開了站在門口的警察，自己擋在門前，側身看著我。

「你，在這兒等等。」

他的話，讓我停下了腳步。然而，幾秒鐘之後，我卻發現，林晉的話，並不是對我說的，他的目標，是我身邊的。

倪輕。

這一刻，我突然意識到，剛剛的對峙，不僅僅只有我和林晉兩個人。

還有倪輕！

她一直在我身邊，用自己的方式註視著我們。

林晉打開了房門，用自己的身體擋住門口，只留了一條可以供一個人通過的縫隙。

「進來吧。」

我沒有來得及看一眼身邊的倪輕，就被林晉的聲音拽進了這間讓我無比迫切地想要看一眼卻又無限恐懼的房間。

我們的一生很短，結束的方式也有很多種。經歷了世態百味的煎熬之後，在最後那一刻，不論是解脫釋然之前的放縱，還是留戀不舍的痛苦，都沒有人擁有多一秒的權利。

我很幸運，見證過很多次死亡。

但是，這一次，我覺得很不幸。

房間很大，我想，應該有很多醫療儀器，或者是其他的一些陳設，也許，房間裡已經一片狼藉，畢竟是剛剛經歷過一場搶救的戰場。

不過，這一切都和我沒什麼關係，或者說，這一切都沒能進入我的視線。我能看到的，只有一張床，房間的正中央，徹底被白色覆蓋，看不到任何其他顏色的床。

我可以確定，被白色被單徹底塵封住的，是一具屍體。因為，起伏的輪廓足以證明，他，已經沒了呼吸，只還剩下一副完整的皮囊。

我好羨慕他，可以獨自霸占一片安靜的領地，不論外面有多麼的喧鬧，湧進多少相識或是陌生的人，沒有誰可以侵占屬於他的領地。房間、陽光、聲音，甚至連空氣都徹底屬於他。更加重要的是，他，已經不屬於這個藏污納垢的世界了。

「過來吧。」

林晉的聲音讓我發現，他早已經站在了床邊，而我，還站在門口。

我邁著機械的步子，執行了林晉的命令。

我也站在了床邊，緊緊挨著林晉。

林晉的一只手，已經做好了掀開白色被單的準備。

「準備好了嗎?」

林晉動手之前，問了我這個問題。

我搖了搖頭，用很輕的聲音說。

「準備好了。」

我希望林晉可以理解我這個自相矛盾的動作，也希望他會緊接著跟我說一句。

「沒準備好就算了吧。」

我不想準備好，我不想第三次看見秦曲，不想在我殺了他兩次之後終於可以目睹他的屍體。同時，我也知道，我沒有準備的權利，只有接受的義務。

所以，我只能用這樣自相矛盾的行為來告訴林晉。

我懼怕秦曲的屍體出現的那一刻。

可是，事與願違，林晉清楚地看到我搖頭的動作，也親耳聽到我所說的「準備好了」，在這兩者之間，林晉選擇了自己的耳朵。

我看到了！

這是我第一次在這麼近的距離，這麼好的環境裡欣賞一具屍體。他的臉很白，白的像沒有寫過一個字的紙一樣。他的嘴唇很紅，紅的發紫。他的肌肉扭曲，很明顯，在停止呼吸前的最後一刻，他承受著巨大的痛苦。

我很恐懼！

恐懼的原因很簡單，我看著他，看著他被痛苦撕扯得已經變了形的臉。在同一時間，他也看著我，用他那雙已經不能感受光亮，但是，卻大大地睜著、眼球幾乎要衝出眼眶的眼睛。

直直地盯著我！

我的呼吸非常急促，手腳不停地顫抖，想停也停不下來，心臟有些絞痛，耳朵嗡嗡作響，腦子像被電擊後一樣麻木。

林晉看見我失態的樣子，立刻把白色的被單重新拉回到剛開始的位置。

他，又被徹底塵封起來。

幾分鐘之後，我，慢慢平靜了下來。

「我有幾個問題要問你，咱們出去說吧。」

「不，就在這兒說。」

「不行，這不合規矩。」

「那我什麼都不會說的。」

林晉聽出了我的堅持，他知道，我一定會說到做到，他沒有別的辦法，少許沉默之後，他做出了決定。

「好吧，可以就在這兒說，不過，我需要叫一個同事進來。」

「不，我只跟你一個人說，也只回答你一個人的問題。」

又是少許的沉默。

「好吧，我也不會做任何記錄，我只希望你可以如實地回答我的問題，把你知道的都告訴我。」

「可以，我一定會如實地回答你的問題。不過，在我回答你的問題之前，你要先回答我一個問題。」

林晉有些不高興，從警多年，從來都是他掌控著一切，今天卻被我要挾又不得不順從，這種感覺一定讓他既陌生又不悅。

「好，你問吧。」

我指著床上的屍體，看著林晉。

「他為什麼會在這兒？」

林晉的臉上稍微緩和了一些。

「這個問題你不問我也會告訴你。」

林晉稍微整理了一下衣服，朝旁邊走了兩步，選擇了一個離屍體沒有那麼近的位置，開始回答我的問題。

「剛剛說過，今天早上，一個陌生人到我隊裡，點名要見我，這個人就是他。見面之後，我很奇怪，我們干刑警的，不是熟悉的人是不可能知道我的名字，可是，他卻知道，還主動找上門來，當時我就可以確定，他一定帶著一件非常重要並且和我有關的事。」

「你說的是今天早上？」

「是。」

「也就是說，今天早上你們見面的時候，他還活著？」

「當然。」

林晉的兩個理所應當的答案讓我確定了一件意料之外的事。

「他說自己叫秦曲，並不認識我，不過，他是從認識卻沒有機會成為朋友的人那裡得知我的名字和工作單位的。這個人就是你。」

我不置可否，繼續聽林晉說下去。

「他給我講了一個故事，是一個關於一幅畫的故事。我知道那幅畫，我也知道，只要是關於那幅畫的故事，就一定少不了你和劉小沫。我聽完了這個故事，讓我沒想到的是，這個故事裡，又多了幾個人物，你聽過這個故事嗎？」

我繼續不置可否，一臉冷漠地看著林晉。這一次，我相信他沒有從我的臉上看到任何線索。

「我必須要表明一個態度，我不相信秦曲說的這個故事。這個世界上，根本就沒有詛咒一說。但是，他的故事裡，還是有一件事讓我產生了興趣。」

說到這，林晉的眼睛裡明顯有了一些不一樣的東西。

「一場沒有成功的謀殺。」

這幾個字進入我的耳朵後，發生了一些奇怪的事情。原本以為，我的心情會變得很複雜，至少應該很激動。因為，一場沒有成功的謀殺很顯然指的是我對秦曲所做的事情。但是，我認真地品味了一遍我的心情，得到的結論是，平靜，異乎尋常的平靜。很快，我知道了這種平靜並不是一件奇怪的事，原因很簡單，當我看到了那張已經沒有呼吸的臉之後，所有的事情都變得不足以讓我激動了。

「我不知道你對這場沒有成功的謀殺是不是感興趣，如果你也感興趣，我只能說抱歉了，我不能把剩下的事情告訴你。因為，那很有可能是我接下來需要調查的案子。現在，我要說的是，他，為什麼會出現在這裡，為什麼會死。」

林晉終於說到了我最想知道又猜不到答案的部分。

「說完了整個故事之後，秦曲向我提出了一個要求。他希望我可以帶他去見你，而且是立刻就去。我很奇怪，秦曲既然是通過你才找到了我，為什麼還會要求我帶他去見你呢？我覺得事有蹊蹺，加上沒有辦法確定他的目的，當然就直接拒絕了。我告訴他，我可以先和你聯繫，確定你們之間的關係和弄清楚整件事情之後，再考慮安排你們見面的事，在這之前，他必須留在我們隊裡，哪兒都不能去。他很失望，不過，並沒有強行離開或者做出其他什麼過激的行為，相反，他非常合作，配合我們確定他的身分。」

「你確定了他的身分？」

我粗魯地打斷了林晉的話。

「是的，我們確定了他的身分，他的確叫秦曲，關於他的身分，我現在只能說這麼多，我們還會做進一步的調查。」

我不清楚這個答案是不是我想要的。

「好，你繼續吧。」

「本來一切都很正常，我也打算給你打個電話，瞭解一下這個秦曲到底是誰，和你有什麼關係。沒想到，就在這個時候，他突然暈倒了，我們就立刻把他送到這來了。到了醫院之後，我們才發現，他的身上，有兩處刀傷，兩處都在左胸，不過，這兩處刀傷都不是特別嚴重，不足以致命，而且，這兩處刀傷都很新，還經過了處理，目前我還不知道是誰傷了他，也不知道是誰幫他處理了傷口。」

這兩處刀傷都是我留下的嗎？

我不知道。

「至於真正致命的原因，我現在還不清楚，要等進一步屍檢才能確定，不過，醫生給了一個初步的判定。」

林晉停了一下，我想，他一定是想看看我的反應。這一次，我配合了他。

「是什麼？」

我的語調有些急迫。

「中毒。」

答案讓我始料未及。

「中毒？」

「對，至於中了什麼毒，什麼時候中的毒，怎麼中的毒，都要等屍檢之後才能知道答案。」

我點了點頭，不知道應該說什麼。

「你的問題我已經回答了，現在該回答我的問題了。」

「好。」

「我的問題很簡單，你認識他嗎？」

「可以算認識吧，如果說不認識，應該更準確。」

我不知道林晉是否滿意我的答案。

「他到底是誰？」

我抬眼看著林晉，在嘴角藏著一絲笑容。

「我想看看他，再回答你，好嗎？」

我的話讓林晉一愣，不過，他沒有拒絕。

我們兩個人又靠近了床上那具屍體，還是林晉伸手拉下了白色的被單，一張睜著眼睛、肌肉扭曲、沒有呼吸的臉赫然出現。

我歪著頭，看著這張臉，嘴角藏著笑容。

「他是秦曲。」

我給了林晉這個答案。

其實，這個答案並不正確。

因為，我看見的這張臉，不是秦曲。

而是，另一個我認識的人，並且，他應該比秦曲更適合現在的狀態，睜著眼睛、肌肉扭曲、沒有呼吸。

他的名字叫——

X！

第八章

這，
就是命中注定。

這，就是命中注定。

我終於明白了什麼是一場沒有成功的謀殺，也明白了為什麼我會殺了秦曲兩次，而至今都沒有親眼見過他的屍體。

因為，從始至終，他，根本就不是一個人！

但是，真相真的就是這樣嗎？

假設我看到的秦曲不是真實的，我姑且把他當成一場夢、一個幻覺，或者是本不應該出現在這個世界、這個時間裡的一種能量。那麼，和林晉見面，有過對話，有過思想，現在變成一具屍體自稱是秦曲的人，又是誰呢？

我可以不相信自己看到的一切都是現實存在的，可是，我絕對不會懷疑林晉看到的一切，也絕對不會懷疑擺在眼前，擁有 X 的臉卻自稱是秦曲的那具屍體。

我的腦子越來越混沌，世界也越來越混沌。林晉隨後又問了我幾個問題，我已經記不清他問的是什麼，也記不清我回答了些什麼，渾渾噩噩，像是宿醉的清晨，迷離並且無法擺脫。

不過，有一件事我可以清晰地記得。

一直藏在我的嘴角，沒有辦法抹掉，也不會被人輕易發現的——笑容。

對，沒錯，就是笑容！

很難想像，我竟然可以把這樣的笑容藏在嘴角，連我自己也說不清楚為什麼，我只能準確地感覺到，嘴角的肌肉在固執地向上拉扯，我沒有辦法解釋這笑容的目的，也沒有辦法控制或是掩飾，我能做的，只有放縱。

「他們說這裡只有這一個出口，我就先出來等你了。」

我突然聽到了這句話，聲音還離我很近。

一輛暗紅色的 Jeep 越野車，紅的像血，車裡坐著一個人，正看著我，聲音是她發出的。

「倪輕？」

在倪輕的聲音提醒之下，我才發現，自己已經走出了醫院，站在剛剛下車的地方。

我突然感到有些遺憾，自己在這麼短的時間內，而且是在思想完全停滯的狀態下，走出了醫院，離開了秦曲，不，應該是 X 的屍體。

「裡面的事結束了嗎？」

倪輕坐在車上，透過已經搖下的車窗問我。

這真是一個讓我百思不得其解的問題。

結束了嗎？

我也想知道答案，到底什麼是結束。原本以為，死亡可以讓我一團亂麻的人生徹底結束，可是，當我真正下定決心走進死亡的幽谷時才發現，那不是一條路的盡頭，而是另一條路的開始。

「結束了嗎？哼……」

我從鼻子裡發出一聲冷笑。

「如果你很想知道答案的話，那我告訴你，永遠都不會結束。」

我相信，倪輕根本不可能理解我在說出這句話時，心裡如被快刀割過一樣的感覺。

刀子早已離開傷口，疼痛卻絲毫沒有傳遞，傷口已經裂開，眼睜睜地看著鮮血慢慢滲出，神經末梢還像傻瓜一樣，任由無處隱藏的切膚之痛肆意擴張，而置若罔聞，直到鮮血如註，傷口迸裂，仿佛已經聽到皮膚組織撕裂的聲音時，那痛徹心扉的感覺才從四面八方一起流遍全身，無休無止。

不過，倪輕的表情並不是我想像中的茫然，而是一閃而過的疑惑，接著，剩下的就全是平靜了。

「上車吧，我送你回去。」

「不必了。」

現在我已經不需要爭分奪秒地趕去哪裡，當然也就不會再上她的車了。

「老師和劉教授交代過，一定要把你送回家。」

「那就跟你的老師和劉教授說，讓他們先管好自己。」

我是邊走邊說的這句話，所以，也就不確定倪輕聽到沒有。

我朝著不知道是什麼方向的方向漫步走著，倪輕的車就在我身邊，慢慢地跟著，車窗仍然是搖下的狀態。

「你……該不會是怕我吧？」

倪輕故意把「你」字拉得很長，應該是為了強調她所說的人就是我。

「如果你這樣認為，那好吧，是的。」

我散漫地盯著前方，走著自己的路。

「你怕我什麼呢？」

倪輕完全沒有領會到我話中已經充分表達出來對她的不屑一顧。

「隨便，什麼都行。」

我和倪輕沒有眼神的交流，我繼續漫無目的地走著自己的路。

「我倒是知道一個原因。」

倪輕對這個無端開始的話題越來越感興趣。

「對，就是那個。」

我的腳步在繼續，倪輕沒有在意我的敷衍，她的車輪也在繼續，方向一致，速度一致。

「我都還沒說呢。」

我已經不想再跟她繼續說下去了，下意識地加快了腳步。

「因為我的書簽和你書裡的X，對嗎？」

我的腳步立刻被釘在原地，緊接著，倪輕的車輪也停止了。

就在我身旁這輛暗紅色Jeep越野車的後座上，放著由我一字一句寫完的那本書，書的封面上清楚地印刷著被用作書名，同時也刻進我心裡的那幾個字，而封面包裹著的，一頁一頁滿是鉛字的紙上，赫然記載著一個人名。

X！

倪輕的書簽，就在我和X第一次見面的時候。

準確地說，是我和死後的X第一次見面的時候。

倪輕說的沒錯，我，的確是怕她。

原因，正是她的書簽和書裡的X。

我很想離開這裡，很想去一個沒有任何人可以找到的地方，但是，我的腳沒有辦法挪動，就像生了根一樣。我有了想要大叫救命的衝動，可是，我的命，有誰可以救得了呢？

就在這時，我的眼前，突然出現了一個場景，那是我今生、來世、生生世世都不想再回憶的場景，可是，它卻在這個時候，如此不合時宜地出現在我眼前了，像古老的電影膠片，被人裝進了放映機，不知疲倦地播放著。

那是一次再正常不過的旅行，一次再正常不過的攀岩，讓我和X生平第一次見面。只是，這一次見面，讓我們都沒有來得及說出自己的名字，因為，見面的地點，是一片垂直的岩壁，我在上，X在下，相距不過1米。第一次見面，也是唯一的一次各自都還保持著呼吸的見面，就是在這樣的一個環境裡。X抬頭看著我，眼睛裡寫滿了渴望，那是對生命的渴望，也是對最後一線曙光的渴望。當時的他已經沒有辦法說話了，打入岩縫的岩釘撬開了岩石，安全環脫落了，安全繩也失去了意義，他完全脫離了保護，只憑藉幾根手指和一條窄窄的凸石支撐起自己全身的重量，他的身下，是數十米的深淵。他的手指在顫抖，全身的肌肉都已經達到了崩潰的臨界點，他用盡全身的力氣看著我，那眼神像火，灼得我刻骨地疼。不過，這樣的灼熱沒有持續太長時間，在我的手離他還有幾十厘米的距離時，他放棄了。身體像樹葉一樣下墜，那張臉也離我越來越遠，離地獄越來越近。我清清楚楚地看著他墜落，那雙眼睛裡不再有渴望，取而代之的是無盡的絕望，他用這雙絕望的眼睛看著身邊不斷加速向上的岩壁，最後一次看著這個無盡留戀的世界，直到他的身體被巨大的衝擊力扭曲、折斷。

必須要承認，那時的我，對死亡，仍抱有恐懼，也正是因為這樣的恐懼，讓我和 X 之間，相差了那幾十厘米的距離。

我堅信，我可以救他，如果那時的我已經不畏懼死亡的話，我一定可以救他。

「上車嗎？」

當年的畫面正在一口一口咬碎我的肌肉骨骼時，倪輕已經下了車，站在我面前。

我看著她，她也看著我。

我不清楚四周是不是有其他人經過，我只知道，現在，倪輕和我，正旁若無人地對峙著。

「上車嗎？」

這次，倪輕是一字一頓地問我。

「你想幹什麼？」

「我要你現在上車。」

在我眼裡毫無攻擊性的倪輕，現在，完全變了一個人。

她的臉上是勝利者的微笑，也許是因為在她的判定中，我一定會服從她的要求，現在就上車，也有可能是她認為我已經產生了害怕的情緒，不論是對她還是對那本書，或者是更直接的 X。不過，儘管臉上全是獲勝的表情，她的眼睛裡卻不盡然，似乎有一種若有所失的惆悵。她失去了什麼？我想，只有天知道。

「我看過你的書，你好像特別喜歡記錄下一些從別人的眼睛裡看出的內容。我想問問你，現在，從我的眼睛裡，你看出了什麼？」

我沒有辦法準確地描述出我從倪輕的眼睛裡看到了什麼，除了並不確定的若有所失之外，其他的，我一無所知。

「你喜歡疼的感覺嗎？我記得你的書裡說過一句話，疼痛是人類最值得慶幸的感覺，因為，那是活著唯一的證據。這麼說來，你應該很喜歡疼的感覺吧。越疼就越能代表你還活著，你喜歡疼的感覺，就像你喜歡活著一樣。」

倪輕沒有給我說話的機會，也沒有給自己聽我回答問題的機會。

「哦，對了，除了疼痛的感覺之外，你的書裡還提過一句話，我記得應該是這樣說的。屍體，是人活過最好的證據。我沒記錯吧。」

「沒錯。」

倪輕的話音剛落，我就立刻塞進了這兩個字。我不希望自己在她的面前顯得太過於被動，我要跟她對話，我要扭轉我們之間已經傾斜得非常離譜的天平。

「疼痛，屍體。真是不錯。我特別喜歡這兩句話，真是至理名言啊。也正因為這兩句話，我對你的研究，才變得簡單了很多。」

對我的研究？

倪輕這句話是什麼意思？

「如果疼痛是還活著的證據，屍體是已經活過的證據，那麼，我想問你一個問題。」

倪輕收起了臉上全部的表情，關閉了眼睛裡所有可以流露出的情緒，她冷得像一塊冰，靜得像一幅畫。只用最後保留的一點點，僅有的那一點點屬於人類的氣息，向我提出了一個問題。

「什麼才是生不如死的證據？」

生不如死？

什麼是生不如死，想活的人活不了，想死的人死不掉，這就是生不如死嗎？還是活著的人想死，死了的人假裝自己還活著？倪輕的問題，像針一樣狠狠地刺著我心裡還沒愈合的傷口。

我，就是生不如死最好的證據。

「你到底想幹什麼？」

我不會回答她，我知道，倪輕在乎的已經不是我的答案，她在乎的，是下一步的打算。

而我，已經成了她手中或者說是他們手中的獵物。

「上車。」

倪輕又重複了一遍她一直都沒改變過的要求。簡短的兩個字說出口的同時，她已經轉身朝車的另一邊，也就是駕駛座的方向走去。

「你到底是誰？」

我站在車的這一邊，朝倪輕大喊。

她回過頭，冷冷地說。

「倪輕。」

這個答案沒錯，但是，並不是我想要的回答。

「為什麼非要我上車，這是杜卓雯的命令嗎，還是劉森的命令？」

「誰的命令都不是。」

「那是為什麼？為什麼非要送我回家？」

「因為在送你回家之前，我要帶你去一個地方。」

「什麼地方？」

「你的問題太多了。」

「如果你不說清楚，我是不會去的。」

「你沒選擇。」

又是這樣威脅。我已經經歷過太多次，不同的人在我面前用各種各樣的語氣對我說，我沒選擇。我也經歷過太多次，在各種紛繁混亂的場景中，我告訴自己，我沒選擇。我被無數次地逼上沒有退路，也沒有方向的絕境，我憎恨這樣的感覺，憎恨一次又一次在沒有選擇的境地中，去面對陰謀、面對死亡、面對欺騙、面對人生的悲歡離合。

今天，一個從未出現在我的生活中，也從未和我有過任何交集的人，也對我說出了這句話。

我很憤怒，一瞬間就達到頂點的憤怒。

「我……」

我咆哮的聲音劃破了這條安靜的街道，可是，當第一個字衝出喉嚨的同時，倪輕的聲音就迎面回擊了過來。

「我帶你去找屍體。」

原本一觸即發的戰爭被她柔軟的聲音輕易就化解了。

我收回了沒有圓滿完成的咆哮，儘管如鯁在喉，可還是收回了。倪輕簡簡單單的一句話，讓我已經蓄勢待發的憤怒如被熄滅的火焰一樣，只剩下縷縷青菸。

帶我去找屍體？

誰的屍體？秦曲的？X 的？還是另有其人的？

不知道出現過多少次，但是，每一次的劇情都是這樣驚人的相似。我，仍然沒有選擇。

「上車嗎?」

我已經記不清在這短短的時間之內，倪輕問了我多少遍這個問題。直到現在，我終於用行動回答了她。

我拉開了車門，坐進了倪輕的暗紅色 Jeep 越野車裡。

在車輪的帶動下，我被囚禁在這狹小的空間裡，快速地向倪輕心裡的地方，不斷靠近。

「現在，我在你的車上了，可以告訴我你到底是誰嗎?」

「我已經說過了，我是倪輕。」

「這不是我想要的答案。」

「我知道，可是，你想要的答案，一定是你可以接受的嗎?那個答案，一定比現在的答案更好嗎?」

倪輕變化的不僅僅是有了攻擊性氣質，連說話的方式都變得讓我非常不適應，這個陌生人變得更加陌生了，或許，這才是真實的倪輕吧。

「我不知道，不過，我希望可以得到最真實或者說是最準確的答案，倪輕，我希望你可以告訴我。你，到底是誰?」

倪輕沉默了，充斥耳朵的，只有車窗外呼呼作響的風聲。

沉默持續了一會兒，倪輕減緩了車速。

「喜歡聽故事嗎?」

倪輕沒有回答她到底是誰這個問題，不過，她的話讓我明白，答案，即將被揭曉。

「關於誰的?」

「一個你認識的人。」

「好，你說吧，我聽。」

倪輕握著方向盤，眼睛盯著被擋風玻璃阻擋著的世界，輕輕地做了一個深呼吸。空氣的進入讓她的胸口微微做了一個起伏，然後，她開始了準備告訴我的這個故事。

「故事發生在很久很久以前，現在想想，真的已經很久了，久到我都想不起來是什麼時候的事了。不過你可以放心，故事的每一個細節我都記得非常清楚，一定可以講得栩栩如生，讓你，身臨其境。」

倪輕的開場白讓我莫名其妙地感到不寒而栗。

「有一個年輕人，天賦異禀，才華卓越。他的思想，他的眼睛，他的雙手都是上天的恩賜。就天賦而言，我可以斷定，他絕對不會輸給歷史上任何一個改變人類發展軌跡的人。這是與生俱來的財富，也是會伴隨一生、取之不盡用之不竭的財富。不過，才華和天賦是一把雙刃劍，當它達到某種極致的時候，就會變成生活的累贅。他就是這樣，永遠高人一籌的視野讓他看不到用雙腳站在地上的人，他恃才傲物、不可一世，這就直接導致他沒有辦法融入這個普通的世界。他變得孤獨，與世隔絕，只能生活在自己冰冷的世界裡。時間越長，就越讓他懷疑自己存在於這個世界的意義。」

倪輕的車越來越慢，不停地被左右兩邊的車超越，也不斷地承受著其他車裡投來不滿的眼神和時不時出現的咒罵。

「他渴望朋友、渴望理解，卻永遠找不到可以站在同一個層面對話的人。寂寞是一件可怕的事，就像水，一旦被它徹底包裹，結局，就一定是死亡。你可以理解這樣的感覺嗎？」

我不知道倪輕突然出現的問題是不是向我提出的，儘管在這個狹小的空間裡只有我們兩個人，不過，我覺得她的語氣更像是自問。

「你是在問我嗎？」

倪輕扭頭看了我一眼。

「人不會一直倒霉的，很多事都會物極必反，重點是，你能不能堅持到否極泰來的那一天。對於一個蒙受上天恩賜的天才來說，堅忍不拔的品質也是與生俱來的。他，在噩夢中煎熬，無數次想到放棄，又無數次選擇了堅持，終於，他等到了生命的曙光。你知道這曙光是什麼嗎？」

這個問題，我可以確定是向我提出的。

「對於這樣一個人來說，只有兩件事可以改變他的生活。其一，那些所謂非比尋常的才華被他眼中不屑一顧的普通人認可；其二，另一個和他一樣的人出現了。」

倪輕笑了，笑得很開心。

「看來，你是可以理解這種感覺的。」

原來，她的上一個問題真的是向我提出的。

「你說的很對，正確的答案是另一個人出現了。他的生活脫離了孤獨，也可以說是，他們的生活，都脫離了孤獨。他們彼此欣賞，無話不說，他們對生活開始恢復了熱情，他們一起做著自己喜歡的事，一起談論著之前沒有人可以理解的話題，一起去到曾經只有自己才會去的地方。他們不再形單影只，不再孤獨寂寞。雖然，在別人看來，他們仍然是這個世界的另類，可是，他們有了彼此，一切都已經足夠了。很快，他們不僅僅進入了對方的生活，也占據了對方的一切，這樣的情感也漸漸發生了變化，從最開始的互相欣賞，變成了相互依賴，最後，很自然的，演變成了愛情，堅不可摧的愛情。」

「他們是一男一女？」

我的話剛剛說出口就覺得自己有些滑稽，因為，倪輕從來沒有說過他們是兩個男的，或者是兩個女的。

「當然。」

我滑稽的問題立刻得到了倪輕的回答。

「沒有朋友的祝福，沒有家人的見證，沒有歡天喜地的大排筵席，什麼都沒有，除了兩個秉承愛情信仰的人。就在這樣的條件下，他們完成了人生中最重要的一件事。」

故事發展得中規中矩，倪輕的描述也很清楚，不過，在她的描述中，我產生了一個非常大的疑惑。

「沒有朋友的祝福我可以理解，畢竟是兩個給自己製造了孤獨的人，可是，為什麼會連家人都沒有呢？他們兩個總不會是孤兒吧。」

「他們當然不是孤兒。」

倪輕突然提高了說話的聲音。

「他們根本不需要家人，因為，在他們的心裡，有著比家人更加重要的東西，那就是彼此之間的承諾，比起這個承諾，其他的任何東西都不值一提。」

「什麼承諾？」

「相守一生。」

「對於一對要結婚的新人來說，這應該是再普通不過的承諾了吧，這和需不需要家人好像沒有什麼關係。」

「沒錯，這個承諾的確很普通，可是，如果要不惜一切代價實現這個承諾，就不那麼普通了。他們的家人，正好就成了實現承諾的絆腳石。」

原來又是一個俗套的故事，我轉頭看著車窗外，路上的車已經變得非常少了，四周的環境也已經越來越偏僻。我不知道倪輕要帶我去什麼地方，也不知道她有什麼目的，我只是覺得很累，也對她講述的這個不知所以然的故事失去了全部的興趣。

我漫無目的地盯著窗外，敷衍地說。

「家人不支持，他們就選擇了自己舉辦婚禮，沒有朋友，也沒有家人出席，冷冷清清。倪輕，你的故事太普通了，我沒興趣。」

我的話剛說完，倪輕突然用力地踩了一下煞車，緊接著，又是一次急遽的加速。車身一前一後劇烈地抖動迫使不得不扭頭看著她。

「你幹什麼？」

引起我的注意之後，倪輕又重新恢復到一個平穩駕駛的狀態。

「故事還沒說完。」

「那你就繼續說。」

我非常不耐煩，但是也不想和她有過多的糾纏。

「他們的家人不是沒有出席，而是不能出席。」

「為什麼？」

我繼續敷衍著倪輕的故事。

「因為……」

倪輕轉頭看著我，臉上竟然出現了一個詭異而讓人發寒的笑容。

「他們的家人，都死了，全部。」

「什麼？」

倪輕著重說了「死」和「全部」。

「凶手，就是這兩個承諾要相守一生的人。」

「什麼？」

我幾乎從座位上跳起來，只是，安全帶不合時宜地把我控制在原地，動彈不得。

是什麼樣的仇恨，可以讓人親手殺死自己全部的家人，把自己在這個世界上，徹底地置於極端孤獨的狀態。面對自己的血肉至親，做出一個哪怕在禽獸中都不會發生的、無法用語言形容出來的卑劣行徑。又或者說，那是什麼樣的愛情，才可以讓人拋開所有，泯滅人性，只為了一句承諾而敢於冒天下之大不韙，做出這種足以把自己投身於十八層地獄，甚至是更底層的恐怖決定。

這只是一個故事嗎？只是一個杜撰出來的故事嗎？

如果不是呢？如果是真實的事情呢？

我不敢繼續想下去。

在已經習慣死亡，接受死亡，不懼怕死亡之後，我第一次被一個故事嚇得瑟瑟發抖，也許，這就是人性，就是人性中那不為人知的惡，可以毀滅一切的惡。

「現在是不是有興趣了，想繼續聽下去嗎？」

倪輕的話讓我有了些反胃的感覺，我當然不想聽下去了，可是，當我聽到自己的回答時，我所說的竟然是。

「繼續吧。」

「雖然什麼都沒有，婚禮還是如期舉行了。其實，根本就沒人關心這件事，也就只是他們自己給自己舉辦了一個儀式而已。只不過，既然是儀式，那麼，就應該留下點什麼，為了紀念也好，為了將來可以做個見證也好，總之，他們都認為應該留下點什麼。」

「留下了什麼？」

我竟然又問了一句，同時，我反胃的感覺已經越來越明顯了。

「留下點什麼呢？這是一個棘手的問題。婚禮現場，除了兩個已經孑然一身的人之外，再沒有第三個人可以為他們留下點什麼。所以，所有的事情都只能靠他們自己了。幸運的是，雖然沒有其他人可以幫他們的忙，可是，還有上天賦予他們的財富，也就是他們與生俱來的天賦。憑藉這樣的天賦，他們為自己留下了兩件東西。第一件，就是……」

倪輕再一次轉頭看著我，再一次露出了讓我覺得可以從心裡湧出寒意的詭異笑容。借著這笑容，她輕輕地說了三個字。

「一幅畫。」

我的四肢開始變得無力，癱軟地陷在她這輛暗紅色 Jeep 越野車的副駕駛位上。

「他們憑著自己的天賦，為自己的婚禮畫出了一幅畫。這真是一件無比美妙的事情。沒有任何人的打擾，畫面中只有他們自己，不必考慮構圖，不必照顧賓客的位置，不用浪費筆墨，唯一要做的，就是清楚地畫出他們自己一生中最幸福時刻的樣子。當然，這件事對於他們來說，簡直是易如反掌。」

「你……你的意思……你是說那幅畫……不可能……絕對不可能……絕對。」

我的聲音已經顫抖得和我的身體一樣。

這是我聽到的第三個關於那幅畫的故事，不知道為什麼，倪輕所說的，讓我有了一種不得不相信，並且，我願意相信的感覺。

「哦，對了，差點忘了。那幅畫裡的他們，正好有著跟你和劉小沫一樣的臉。嗯……不對，應該說……」

不知道什麼時候，倪輕已經停下了車，現在，她已經把臉湊到了我面前，讓我可以更加清楚地看見她臉上的笑容，讓我寒冷刺骨的笑容。

「你們就是他們。」

「不！」

我用力地朝後移動身體，撞在車門上發出一聲悶響。

我的腦子裡不停地有人闖進來。小沫、劉森、杜卓雯、秦曲，他們每一個人都像雪花一樣，不停地飄進我的腦海裡。到底是怎麼一回事，到底什麼才是真相，我是誰？我到底是誰？

「你是怎麼知道的？為什麼要告訴我這些？」

我一把推開了已經無限靠近我的倪輕，我的力量，讓她也重重地撞在車門上，也發出了一聲悶響。

我粗魯的行為非但沒讓倪輕生氣，反而讓她笑得更加肆意妄為。

「難道你沒發現嗎？在我講這個故事的時候，說話的方式是不是跟你特別像呢？這是我對你的研究成果，不過，有一件事，我還沒有找到答案，現在，我想問問你。」

倪輕再一次提到了對我的研究，為什麼？為什麼她要研究我。

「你現在怕死嗎？」

還沒來得及想出答案，倪輕極具侵略性的問題就已經出現了。

「不怕。」

我斬釘截鐵地回答她。

「好，太好了，這個回答簡直就是教科書。」

「你到底什麼意思？」

「你先看看四周。」

我立刻透過車窗環顧四周，幾秒鐘之後，我只得到了一個答案。

這裡，四下無人！

「你……」

我的話剛剛說出第一個字，車裡突然發出了一個不協調的聲音。這個聲音代表的意義是。

倪輕，鎖了車門！

「你要幹什麼？」

「你不怕死，太好了，但是，我要問問你。」

倪輕竟然開始咆哮起來，她不知從何而來的憤怒，在一瞬間全部釋放了出來。我不知道她為什麼要憤怒，也不知道為什麼要咆哮，只知道，她被壓抑得，實在是太久了，其實，應該說是，偽裝得，太久了。

「在臨死之前，知道了那幅畫背後真實的故事，是不是已經心願了結了呢？」

我終於聽明白了，原來，倪輕的目的，是我的命。

可是，原因是什麼呢？

我看著倪輕，沒有說話，不過，我相信，我的眼睛已經告訴她我的疑問。

突然，倪輕手裡拿著一件東西，橫在我的眼前。

書！

我的書！

倪輕立刻打開了夾著書簽的那一頁。

「你現在不怕死，為什麼你不可以一直不怕死。你知不知道，在你怕死的時候，你活了下來，但是，你卻沒有讓別人活下來！」

倪輕的咆哮聲越來越激烈。

「你是為了 X？」

我的咆哮聲也絲毫不輸倪輕。

她是因為憤怒，我是因為恐懼。

「你不是一直都不知道他的名字嗎？現在，我來告訴你。」

倪輕把手裡的書重重地砸在我臉上，隨後，一把抓過我的衣領，讓她的臉，擋在我的眼前。她的目光，已經灼得我劇烈疼痛。

「他的名字叫，倪羽。」

倪輕咬著牙，一字一頓地說出了我在這個世界上聽到的最後一句話。

明白了，一切都明白了。

倪輕鬆開了我，我順勢癱倒在座椅上。

然後。

倪輕的手裡多了一把手槍。

槍口，慢慢地對準了我的頭。

我，閉上了眼睛。

第九章

今天，變成了昨天。
時間，說了謊。

時間，在被黑暗徹底侵占的視野中，不知道過了多久。

我，一直滿懷期望地等待，等待著親耳聽見用來結束我在沒有選擇的陰謀中度過一生的槍聲。

我沒有睜開雙眼，因為，我毫不留戀這個世界。我只想在最熟悉的黑暗中，安心地去往另一個世界，也許，在那裡，我可以看見那些熟悉的人，可以去問問他們，為什麼有如此多的陰謀像鬼魅一般地纏著我，而他們，又在我的生命中扮演著什麼樣的角色。

不知道過了多久，我確定自己還活著，我的思維清晰，沒有絲毫的混沌，每一寸皮膚和每一根神經都還在持續地工作著，心跳在繼續，呼吸在繼續，從看著倪輕舉起槍的那一刻起，直到無法估計流逝了多少時間的現在，所有的一切，都維持著最初的狀態。

槍聲遲遲沒有響起，不知道為什麼，倪輕選擇了持續的沉默，這是一種折磨，一種對生命徹頭徹尾的折磨。我想，也許她希望這個時間可以更久一點，讓她可以更長時間地欣賞我臨死之前最後的一個表情。如果倪輕的打算，真是我猜測的這樣，那麼，我不會憎恨她，不會憎恨她在結束我的生命之前，還用這樣的方式來羞辱我，因為，這是我為自己對死亡的恐懼從而造成另一個生命走向死亡應該付出的代價，這也是一生中，最後一次為自己的行為付出代價。

今天就是我的死期，我非常欣慰，第一個看到我鮮血淋淋屍體的人，是倪羽的妹妹。

「你應該醒了吧，試試，看能不能睜開眼睛。」

突然，一個男人的聲音取代了我期盼中的那聲槍響。這個聲音的出現和這個男人所說的這句話都讓我覺得莫名其妙。

我立刻睜開了眼睛，這個動作做得很輕鬆，並不需要這個聲音所說的「試試」，更加不是「應該醒了」，事實上，我一直都很清醒。

睜開的雙眼讓整個世界重新回到了視野當中，只不過，這一眼，讓我看見了一個不可思議的世界。

意外，又一次以如此意外的方式出現。

沒有了倪輕，不再是那輛暗紅色 Jeep 駕駛室的狹小空間，取而代之的是一間明亮寬敞的房間，站在眼前，發出剛剛聲音的人，換成了另一個我熟悉的人。

司徒磊醫生！

「怎麼是你？」

司徒磊正用他職業性關切的眼神看著我，他沒有在意我的話，而是用眼神不停地掃視著我。

「怎麼是你？這是怎麼回事？倪輕呢？」

我歇斯底裡地朝著司徒磊吼叫。

沒有人可以理解我此時此刻的心情。我沒有暈倒，沒有失去意識，沒有睡著，沒有片刻的走神，總而言之，我沒有發生過一秒鐘的不清醒。但是，我就是在自己完全清醒的狀態下，從倪輕的車裡移動到了司徒磊的房間裡。我不知道整個過程是在什麼時候發生的，不知道這樣的移動是誰幫我完成的，不知道我是怎麼離開倪輕的車，怎麼走進這間房間，不知道倪輕在什麼時候消失，司徒磊又是在什麼時候出現，我沒有絲毫的感覺，沒聽見任何響動，所有的一切，就在我完全清醒的狀態下，不知不覺地完成了。

並且，我是唯一的見證者。

世界太可怕了，我的心，被前所未有的恐懼填滿。

不可能，這是絕對不可能的事情，我沒有辦法解釋，這一瞬間，在我的大腦裡出現了無數種的可能，不過，在這些可能一閃而過之後，立刻被一一否決，因為，所有的可能都必須建立在一個前提之下，那就是，我曾經有過，哪怕是極其短暫的意識喪失，然而，從倪輕向我舉起槍的那一刻起一直到現在，我從未喪失過意識。

「這是怎麼回事，告訴我，倪輕呢？她去哪兒了？為什麼我會在這兒，告訴我！」

我繼續朝著司徒磊瘋狂地吼叫著，同時，我還加上了用力搖晃他的動作。

司徒磊仍然不停地向我掃視，對我的動作和吼叫置若罔聞。

我的眼眶紅了，眼睛也模糊了，我不知道，眼淚是否已經衝破了眼眶的束縛，我只知道，這是我對無法戰勝的恐懼所保留的最後一種宣洩的方式。

「我不明白你說的是什麼，沒有辦法回答你。」

司徒磊終於給了我語言上的回應。儘管內容讓我沮喪，可是，至少他已經和我有了交流。

「告訴我，為什麼我會在這兒，倪輕呢，她去哪兒了？」

我盡可能地壓低了自己的聲調，可是，我還是聽到了自己近乎咆哮的聲音。

司徒磊好像並不在意這些，在他平靜的襯托下，顯得我異常的瘋狂。

「我說了，我沒有辦法回答你，不過，有人可以回答你，等等吧，少安勿躁。」

司徒磊終於放棄了對我的掃視，慢慢地走到一旁，倒了一杯水，遞給我。

一口帶著溫度的水進入身體，我的手抖個不停，灑了不少在衣服上。

「司徒醫生，這是什麼地方？」

我相信，這個問題，司徒磊可以告訴我答案。

「你自己看看。」

司徒磊在我對面的椅子上坐了下來，仍然沒有告訴我答案。

我用自己已經被淚水徹底覆蓋的眼睛把整個房間看了一遍。得到了一個情理之中、意料之外的答案。

司徒磊的診室。

「為什麼我會在這兒？」

我不厭其煩地詢問司徒磊這個得不到答案的問題。

「我……」

司徒磊剛剛開口說了一個字，他的眼神突然移向了我的身後。

「你的答案來了。」

說完，他揚了揚頭，示意讓我看看身後。

我轉過身，三個人同時進入了司徒磊的診室。

劉森、杜卓雯，還有劉小沫。

「你們！」

我立刻用力地擦干眼睛裡的淚水，努力地讓自己平靜下來，至少，看上去可以平靜一點。

劉小沫用最快的速度衝到我面前，蹲下來，和坐著的我保持一致的高度，眼睛裡的熱度讓我感覺到了一些溫暖。

「怎麼樣，好些了嗎？」

「你……這話是什麼意思？」

我不明白小沫所說的「好些了嗎」是什麼意思，也不知道她所問的是拿什麼來作為對比的。

「我認為應該沒什麼問題了，至少現在是這樣。」

司徒磊替我回答了小沫的問題。

「你們到底在說什麼？」

我的聲調已經恢復到了一個正常的狀態，這是一種強迫的力量，原因很簡單，我不可以讓自己在劉森和杜卓雯面前顯得軟弱。至於在小沫面前應該擺出一個怎樣的姿態，我，也不知道。

「那我就放心了，謝謝你，司徒醫生。」

小沫邊說邊站起身來，接過我手裡已經空了的杯子，放回了桌子上。

「你們誰可以告訴我，這到底是怎麼回事，為什麼我會在這兒？倪輕呢？她在哪兒？」

司徒磊說過，他們三個就是我的答案。

「司徒醫生，如果沒什麼問題，我們可以接他回家了嗎？」

小沫沒有理會我。

「當然，小沫，他需要休息，好好照顧他。」

「我會的，謝謝你，司徒醫生。」

「你太客氣了。」

小沫和司徒之間中規中矩的對話和他們對我完全不予理會的態度讓我大為惱火。

「你們有誰可以告訴我，這到底是怎麼回事？」

我用最平靜的語氣表達著心裡的憤怒，這樣的說話方式，原本是劉森最擅長的。

然而，此刻的劉森，就站在離我幾步遠的位置，一言不發。還有站在他身邊的杜卓雯，同樣的一言不發，平靜得幾乎可以忽略掉他們兩個人的存在。

「好了，回去吧，我沒有什麼能幫你的，你現在最需要的，就是休息，什麼都不要想，好好地休息。哦，對了。」

司徒磊移開了停在我身上的目光，轉向劉小沫。

「別忘了讓他吃藥，我不能保證一定有用，但是，吃總比不吃好。」

「我會記住的，請放心，司徒醫生。」

得到了劉小沫的承諾之後，司徒磊滿意地點了點頭，隨即，對我給出了一個不予理會的態度。

「走吧，咱們回家。」

司徒磊的態度讓我明白，再在這裡耗下去已經沒有任何意義了，加上小沫已經撐起我胳膊的手，迫使我已經記不清第幾次在沒有選擇的境地中，做出了選擇。

四個人，一段不算太長距離的步行，然後，一輛車，朝著我熟悉的方向，平穩地行駛。

一路無話，除了小沫偶爾投來的關切目光和幫我輕輕地整理一下衣服邊角的動作之外，什麼都沒有。我像是被逮捕的罪犯，失去了所有的權利，說話的權利、質疑的權利、拒絕的權利，甚至是思考的權利。在他們三個人的夾縫之中，我用最卑微的方式苟活著。相比這樣的生存，我更加希望自己是一具屍體，其實，我本來就應該已經變成一具屍體了，我根本就沒有繼續活著的可能。

但是，現在的我，還活著。

為什麼？

誰能給我答案？

不知道時間過了多久，恍惚中，我被他們帶到了一個地方。

兩扇門，一扇屬於我，一扇屬於劉小沫。兩扇門外的走廊上，四個人，安靜地站著，好像大家都不知道應該走進哪個門。我覺得很可笑，很滑稽，這是我家門口的走廊，也是小沫家門口的走廊，站在門外的我們四個人，有著千絲萬縷關聯的四個人，卻不知道應該走進哪扇門。

「去你家坐坐，行嗎？」

首先打破僵局的，居然是沉默了一路的杜卓雯，並且，她的選擇不是屬於小沫的那扇門，反而是我的。

對於杜卓雯來說，我的家，是一個她並不熟悉的地方。這讓我覺得非常奇怪，她竟然選擇了一個不熟悉的地方準備開啓接下來的計劃。我不知道使用「計劃」這個詞對不對，因為，我根本無從去猜測她，或者他們，接下來會干些什麼，這些事情是否經過縝密周全的安排，又或者，是否在剛剛一路上的沉默之中，他們已經心照不宣地做出了周密的計劃。更重要的是，接下來即將發生的事，會不會又是一場讓我深陷其中的陰謀？

一切，都是未定之天。

但是，現在我要選擇允許杜卓雯的要求。與以往不同，這一次，是我自己的選擇，在可以選擇的情況下做出的選擇。我要在自己最熟悉的環境裡，問出我想要得到的答案，然後，我會做出今生最後一個決定。我很興奮，我終於可以有一次自己的選擇，有一次自己的決定。

「好，大家請進吧。」

說完，我立刻拿出鑰匙，準備打開房門。

「等等！」

就在我準備擰開門鎖的瞬間，一個不和諧的聲音在只有四個人的走廊裡響起。

只有兩個字的懇求是劉小沫做出的。

三雙眼睛同時轉向了她。

「我想，不如……」

「不用了。」

小沫的話沒說完，我就打斷了她。我知道她想說什麼，只是，這一次，我不會滿足她的願望。

「就去我家！」

我的命令不僅僅是對小沫下達的，同時也是對劉森和杜卓雯下達的。

事情被一股奇怪的力量不知不覺中拉到了現在的局面，我不可以再被任何人，任何原因左右了。

沒有再給他們做出其他決定的機會，我用最短的時間，打開了房門，然後，側身站在已經毫無戒備的房間門口，等待著他們給出行動上的回應。

「請吧。」

我不是以主人的身分對客人做出邀請的態度，而是用這兩個字再一次下達了命令。

劉森和杜卓雯穩穩地看著我的舉動，聽著我的命令，除了在他們臉上幾乎一模一樣的笑容之外，再沒有其他可以讓我感知到的情緒了，他們的笑容非常淺，淺得隨時可以消失。

我刻意不去看他們身後的劉小沫，因為我不想再獲取到沒有用，或者是無法理解的信息了。

現在，我只需要把他們三個，帶進我的房間，然後，想盡一切辦法，得到我想要的答案，不論這個答案是什麼，真實與否，這都是我現在必須，也是唯一可以做的。

我轉身走進自己的家。

我知道，劉森、杜卓雯、劉小沫一定會緊緊地跟在我身後。

黑暗，一片早已被熟識的黑暗。

儘管是陽光正濃的時候，我的家裡仍然是一片黑暗。所有的遮光布常年保持著工作狀態，是它們造就了我家裡的這一片獨一無二、從不停歇的黑暗。

走過玄關，我習慣性地打開了那盞使用頻率最高的燈，也就是由始至終，都只為牆上那幅畫服務的燈。

黑暗中，有了光亮。

突然，跟隨著這一點完全不成氣候的光亮同時出現了一股力量，這力量像一張薄薄的紙片劃過我的眼球，用最溫柔的偽裝爆發出如鋒利的尖刀一般劇烈的疼痛，這無法忍耐的疼痛讓我在短短的幾秒鐘裡失去了視覺，緊接著，這一縷細細的、卻刻骨銘心的疼痛又讓我的眼睛清楚地看到了一切。

「啊！」

疼痛讓我發出了驚叫般的呻吟。

我看到了，清清楚楚地看到了。

那一束燈光之下的牆上。

畫！

不見了！

然而，恐懼還遠遠沒有結束，因為，原本掛著那幅畫的位置，並沒有變得空曠。

取而代之的，是一張照片，一張只有一張臉，並且，僅僅只被黑白兩色組成的照片。

換言之，取代畫的這張照片，是一張……

遺像！

遺像中的人，名叫：

劉小沫！

「畫呢？我的畫呢？這……這是誰干的？」

沒有人回答我，所有人都用各不相同的眼神看著我，看著那張遺像。

我來不及等待答案，踉蹌著身體衝到距離那一束孤獨燈光最近的地方。我本想靠得再近一點，讓眼睛告訴自己，這不是幻覺，我甚至想伸手摸一摸現在掛在牆上、獨享那束燈光的、劉小沫的遺像。可是，我做不到，我只能在自認為最靠近它的地方，遠遠地看著。這張遺像迸發出的恐懼，把我遠遠地阻擋在它需要的安全距離以外，保護著它不受我的侵犯。

「這到底是……」

我的話還沒說完，劉森已經迫近到我的面前，他厲聲地質問我。

「這應該問你，畫呢？為什麼會有這樣的照片，為什麼會有我女兒的遺像？她死了嗎？她沒有，她好好地站在這兒，好好地陪著我們一起照顧你這個廢物。」

沒錯，劉森的質問完全正確。這是我的家，這個問題當然應該問我。

我看著牆上的遺像，看著遺像中還活生生地站在我面前的小沫，想著被我殺過兩次的秦曲，見死不救的 X，也許他的名字真的叫倪羽，還有，準備殺我，卻在我清醒著閉眼之後消失的倪輕。一切都太不真實了，我不知道是我被隔離出了這個世界，還是這個世界早已消失，我，只是還漂浮在這最後一絲能量中的羽毛。

我開始用力地回想，回想著我能夠想起來的每一個畫面。

劉森還在我耳邊咆哮，這是我第一次看見他把所有的情緒全部溢於言表。這不難理解，作為一個父親，作為一個一直以來把挽救女兒生命，讓女兒脫離家族詛咒的父親來說，這當然是人之常情。

我屏蔽掉劉森的咒罵和質問，屏蔽掉杜卓雯時不時地附和，也屏蔽掉小沫頻率越來越高的勸阻。我把世界徹底靜音，只留下自己的呼吸聲和腦子裡不斷閃過的回憶。

記憶像膠片一樣，一張一張，清晰地在我腦子裡翻滾。

秦曲的半夜造訪，我親手刺進他胸膛的匕首，從傷口留出的殷紅血液，站在我身後把我一棍打暈的神祕力量，再次回到房間後離奇消失的屍體，秦曲的第二次出現，暴戾如刀一般的眼神，還有……

等等！

我暫停了腦海裡翻滾的情節，把記憶定格在一張畫面上。

被定格的畫面裡有四個人，我、秦曲、劉森、劉小沫。

我讓這張來自記憶的畫面慢慢地向後繼續滾動，慢慢地、慢慢地……一個個靜止的畫面被拼湊成一段運動的場景。

秦曲以閃電般的速度，摘下了掛在牆上的畫，使勁了全身的力氣，用力撕扯著。轉眼之間，畫卷已經被一分為二，並且，還在被秦曲的雙手不停地蹂躪。看著在秦曲手裡已經支離破碎的畫，我發瘋了一樣地朝他撲了過去。

當我掠過夾在我和秦曲之間的劉森時，我感覺自己被他拉了一把，緊接著，一種異樣的感覺從手掌傳遞到大腦神經。

我立刻讓目光落在我的那只手上。

一把匕首出現在我手裡，我正緊緊地攥著它，刀尖朝著我的正前方，也就是，秦曲的方向。

突然！

一股力量出現在我的背後，這股力量推動著我，以更快的速度，更大的力量，直直地衝向秦曲！

身體完全不受自己的控制，我就這樣，在這股力量的驅使下，撲向了秦曲。

秦曲的胸口再一次插著一把匕首，匕首的上面，是我緊緊攥著刀把的手。

我第二次殺了秦曲！

我回頭想看看身後的劉森和小沫，我想知道是誰把我推向了秦曲，推向了謀殺。

可是，當我回頭的時候。

我看見的是。

劉小沫，憎恨的眼神，這一次，她的眼神裡，只有我。

她手裡，攥著另一把匕首，一步一步，朝我走過來。

一旁的劉森，看著我們。

笑著，冷冷地笑著……

滾動的畫面結束了，我想，我回憶起了那幅畫在我視線中最後一刻的樣子，它被秦曲撕碎、蹂躪、毀滅。

同時，我還想起了秦曲第二次死在我手裡時的樣子，而這第二次，結束秦曲生命的匕首，的的確確在我的手裡，不過，造成這一次謀殺的始作俑者，卻是劉森。

不對，最準確的說法應該是——

劉森父女。

思緒至此，我突然在心裡默默地問了自己一句話。

「為什麼要讓回憶停在這裡？」

答案很簡單，我不想回憶起小沫拿著匕首一步一步朝我走過來之後的事情，我不想再一次看到小沫當時被憎恨填滿的眼睛。

可是，在那之後，到底發生了什麼？我記憶中不願被重放的畫面就一定是真實的嗎？如果那是真實的，現在的我，早已是一具冰涼的屍體，反而言之，如果那不是真實的，又為什麼會被清晰地鎖在我的記憶裡呢？

顯然，這是一個沒有答案的問題，我必須暫時放棄它，因為，現在擺在我面前的，有更加急於需要解開的謎團。

畫的去處，我想我應該知道了，雖然我不能確定那些占據我思維的畫面是否真實，不過，那是目前唯一正確的答案。既然畫的問題可以告一段落，那麼，剩下的，離奇出現的，就是現在被赤裸裸地懸掛在牆上，用它自己的方式向我宣戰的。

劉小沫的遺像！

它從何而來？出自什麼人之手？此時此地它代表著什麼？

我很慶幸，現在的我，正在一個無比冷靜而又清醒的狀態下，這樣的我，足以應對即將發生的未知和危險。

不知道什麼時候，劉森已經停止了咆哮，我從安靜中走出了自己的世界。印象中，可以在安靜的環境裡進入現實空間，對於我來說，這樣的情況真的是鳳毛麟角。

我一邊聽著劉森粗重的呼吸聲，一邊走到牆邊，伸手準備摘下劉小沫的遺像。

「等一下。」

我的背後有人制止了我的動作。

我轉過頭，看著劉小沫。

「等一下。」

劉小沫降了一個語調，又說了一遍。

「你想幹什麼？」

「其實……你們不覺得嗎？」

小沫看了我一眼，又轉頭看了一眼劉森。

「這只是一張照片而已，只不過，它沒有顏色，沒有背景，沒有時間。為什麼你們要把它當成是遺像呢？我還活著，好好地站在這兒，這已經足夠證明那就是一張照片而已，普普通通的一張照片。」

小沫的話讓所有人都語塞了。

相比之下，我自認為的清醒和冷靜變得有些滑稽。她說的沒錯，這難道不是一張普通的照片嗎？為什麼我們要把它定義為是遺像？就只是因為它沒有顏色，沒有背景，沒有時間嗎？

沒等任何人作出回應，小沫又開始了自己的話。

「如果那幅畫不見了，我覺得，用這張照片作為替代，也沒什麼不好，至少……」

小沫的眼睛裡只剩下我一個人。

「我可以用這樣的方式陪著你。」

我知道，這是小沫心裡一直以來的夙願，這張照片的出現，也許讓她找到了另一種無法讓我拒絕的方式。我不知道應該怎樣應對小沫現在的決定，也不知道……

等等！

我的心裡突然出現了一個畫面。能夠在我家裡自由進出，把這樣一張照片順利地安放在我家牆上的人。

只有掌握著這間房子鑰匙的劉小沫！

也就是說，這張照片只有可能是劉小沫自己掛上去的。

如果真是這樣……

不對，沒有如果，除了這一種可能性之外，我再也想不出另外任何一種可能性。

我似乎明白了小沫剛剛說的那句話。

「我可以用這樣的方式陪著你。」

只是，剛剛在我心裡掠過的一絲暖意瞬間變成了徹骨的寒風。

「我覺得我們應該暫時把這張照片的問題放在一邊。」

杜卓雯突然在我丟失了溫度的思維裡插進了一句話。這句話讓我立刻想起了另一個名字。

倪輕！

遺像真實地掛在牆上，無論它預示著什麼樣的陰謀，又或者它正開啓著另一扇通往迷宮的門，至少，此刻它給我留下了時間。我現在更應該關注的，的的確確是倪輕，我不知道應該怎麼去形容現在的倪輕，唯一可以確定的是，她，就在我的眼前，憑空消失。

杜卓雯再一次以她獨有的、一貫秉承的老練語氣，成功地左右了我的思想。

「如果我沒記錯，就在剛剛，司徒醫生告訴我，你們會給出我想要的答案。現在，我洗耳恭聽，希望你們不要讓我失望。」

我把問題拋給了杜卓雯，同時，也著重說了「你們」。現在，我需要把房間裡的另外三個人捆綁成一個整體，這樣，至少可以給自己留下足夠的回旋空間。

杜卓雯看著我，目不轉睛，不過，她好像沒有開口的打算。

我沒有逃避，迎著她的目光，以同樣的眼神盯著她。

片刻之後，打破僵局的人，是劉森。

「大家坐下吧。」

一句無關痛癢的話，但是，也讓所有人都照做了。

「架子還挺大，你是為了給自己製造神祕感，還是正在考慮用什麼樣的方式來說你接下來的話？如果是這個原因，我勸你省省吧。你只需要告訴我倪輕到底去哪兒了，她是用什麼方式從我眼前憑空消失的，我又是怎麼從她的車裡移動到司徒磊的診室裡就行了，其他的，我沒興趣、也不想知道。」

我用了一種近乎極致的挑釁向杜卓雯說出了這番話，與之配合的，不僅僅是語氣，還有我自認為拿捏得非常到位的表情。我相信，現在的我，已經達到了可以和他們抗衡的地步。

杜卓雯終於把目光從我臉上挪開，她輕輕地笑了笑，然後，輕輕地說了這樣一句話。

「為什麼憑空消失的人是倪輕呢？」

我的背後突然一涼。

「你什麼意思？」

「我的意思是，憑空消失的人，並不是倪輕，而是你。」

我意識到，我近乎極致的挑釁和自認為拿捏到位的表情在杜卓雯的眼裡，是多麼的幼稚和滑稽。

「人的眼睛，總是可以用最完美的方式完成一場拙劣的騙局。每個人都會經歷這樣的事情，你也不必太過沮喪。既然你想要答案，好，我給你答案。憑空消失的人並不是倪輕，她就在原地，在她的車裡，一動不動，而真正憑空消失的人，是你。」

「你覺得我會相信你嗎？」

「沒關係，你可以不相信我，這並不影響事實和時間的發展。我想，現在多說的話都沒有太多必要，等倪輕回來之後，我再來為你講解什麼是悖時間裡被扭曲和拉扯的空間。」

杜卓雯用著標籤式的自信應對著我無禮的質疑，不過，她的自信也不會在我心裡建立起任何一點信任和崇拜。

因為，這一次，我最相信的，只有我自己。

我沒有丟失意識，哪怕一秒鐘的時間也沒有。我完全知道自己在那兒，只是不知道自己為什麼會離開那兒而已。當然，還有最重要的一點，就是倪輕口中的那個人名。

倪羽！

「好，我給你時間，我倒要看看，倪輕什麼時候可以出現，她又怎麼來解釋我在她面前的憑空消失。」

我決定等待，一來，這是我知道答案的唯一途徑，二來，我迫切地希望可以見到倪輕，因為，只有她有這個勇氣和權利可以把我推進地獄。

我的話說完，所有人默契地選擇了沉默。

雖然我喜歡我的家裡沒有任何聲音，不過，現在的氛圍卻不是我喜歡並且可以賴以生存的安靜。

原本掛著藏滿詛咒和未解之謎畫像的位置，現在被小沫的遺像，或者說是類似遺像的照片所侵占，加上房間裡多了三個人，一個無比熟悉卻偶爾會陌生得像從未見過的劉小沫，一個曾經把我從死亡邊緣拉回又陪著我走向死神的劉森，一個好像可以掌管著所有人命運的杜卓雯。存在於這樣氣氛中的安靜，不能給我想要的靜謐和穩定，反而會讓我感到焦慮和不安。

我忍不住把視線悄悄移向了劉小沫，也許，在我的心裡，小沫才是那個可以讓我……也許，只是也許吧。

當我的視線剛剛進入小沫的領地時，小沫的眼神竟然和我撞在一起，這一眼，沒有讓我震驚，而是讓我感到奇怪。

小沫的眼神，為什麼是潮濕的呢？不是光線的折射，也不是意識裡的誤解，是真真切切的淚光。小沫的眼睛裡，莫名其妙地出現了淚，伴隨著這一點收斂並且不想暴露的淚，小沫直直地看著我。

我想要解讀小沫的淚從何而來，我看著她，她不閃不避，也看著我。

突然，一個不和諧的聲音截斷了我和小沫之間的聯繫。

我的手機鈴聲！

屏幕上赫然出現著兩個字。

林晉。

「喂。」

我接通了電話。

沒有一秒鐘的停頓，幾乎在我說出這個「喂」字的同時，林晉的聲音從聽筒中傳出。

「方便說話嗎？」

我把眼神從小沫眼睛裡移開，掃視著劉森和杜卓雯。還不錯，電話鈴聲好像並不在他們的關注範圍內。

「嗯。」

「昨天和你一起來醫院的那個姑娘是叫倪輕嗎？」

「是。」

「我需要你立刻到我們隊裡來一趟。」

「為什麼？」

「我們找到了倪輕的屍體。」

屍體！

沒錯，我聽到的的確是屍體，並且，我毫不懷疑林晉所給出的這個定義的真實性。只不過，林晉也許不會想到，在他給出「屍體」這個定義時，我並沒有和「死亡」聯繫在一起。因為，這一刻，我突然想起了另一個人名。

秦曲。

這個突如其來的消息讓我很難形容現在的心情是什麼，驚訝？無助？遺憾？不知所措？也許都有。

但是，這一次，我終於學會了不動聲色，就像一直以來劉森和杜卓雯在我面前表現出的不動聲色一樣。

「好，我馬上到。」

我平靜地答應了林晉的要求，平靜地掛斷了電話，然後，平靜地對房間裡所有人說。

「我現在要出去。」

我相信，我的平靜沒有讓他們察覺到電話的內容。

「去哪？」

杜卓雯用和我一樣的語氣問道。

「去證明你的悖時間只是一個僞命題。」

「好，我也想有人可以證明它是個僞命題，但願你可以成功，不過，在這之前，我想多說兩句。」

杜卓雯邊說邊站起身來，走到我面前。

「如果你證明了它，那麼，你的成就將會是劃時代的，相反，如果你失敗了，你的人生和你的世界，就會朝著和現在相反的方向發展，我必須要提醒你，三思而後行，越是接近真相的時候，你所看到的，就越像是假的，但是，當你摸到真相的時候，無論你怎麼乞求，它都不會再變成你期望的樣子。」

坦率地說，我不太明白杜卓雯的話，同時，我也很清楚，她和他們，從來就沒有讓我真正明白過。

我給了杜卓雯一個連我自己都不確定含義的表情之後，起身向門口走去。我沒有讓他們離開，我知道，他們的行蹤，向來都不是我可以左右的。

我走到房門口，扭動房門把手。

就在這一瞬間，我的手停住了。

緊接著，是完全不受大腦支配的顫抖。

因為，有一句話意外地出現在我的大腦裡，這句話來自林晉。就是剛通過電話傳遞給我的。

這句話是：

「昨天和你一起來醫院的那個姑娘是叫倪輕嗎？」

林晉說的是：

昨天！

但是，我和倪輕去醫院的時間，明明就是：

今天！

第十章

當一個故事達到某種極致，就無法分辨它的真假。

恍恍惚惚中，我站在了大街上。

我把劉小沫、劉森、杜卓雯還有我的家全部都拋在了身後，一個人站在街邊。

我在思考，剩下的時間，我應該去什麼地方，干些什麼事。

我相信，林晉的描述一定是最客觀的。他從來沒有被那些緊緊圍繞在我身邊的未解之謎玷污過，也從來沒有被那些似乎擁有著某種不屬於這個世界的能力的人所迷惑過。所以，他的眼睛，從不曾有過一絲一毫的迷離。

也正是因此，林晉的話，讓我徹底崩潰了。

我清楚地聽到，他所定義的時間是昨天。

那麼，到底是我的今天進入了這個世界的昨天，還是這個世界的昨天，取代了我的今天？

我不敢履行剛剛對林晉的承諾，我不敢在半個小時之後和他面對面，我沒有辦法承受從他口中說出的現實。

我站在街邊，不知去向，也不知道過了多久。

手機鈴聲響起，屏幕上理所當然地出現了林晉的名字。

當然，我沒有接聽。

「如果你不知道去哪，那就回家吧。」

是小沫的聲音，就在我身後，咫尺之遙。

「你怎麼來了？」

我轉身看著小沫，她的突然出現讓我不太適應。

「不放心你，好在一出來就看見你了。」

「你能告訴我，究竟發生了些什麼嗎？」

這句話剛剛說出口，我就立刻後悔了。為什麼我會突然對小沫問出一個這樣的問題？我需要得到她的答案嗎？

不過，小沫並沒有回答我，不知道是一種默契，還是她刻意的逃避。她用了另一個問題來回答我的問題。

「如果不想回家，你打算去哪兒？」

我鬆了一口氣，原來，我根本不希望聽到小沫的答案。

「那是我的事。」

我轉過身，背對著小沫，準備離開。

「讓我陪著你，好嗎？」

身後，小沫的聲音是一種乞求，也是一種命令。

與此同時，手機鈴聲再次響起，屏幕上仍然顯示著林晉的名字。

「讓我陪著你，好嗎？」

在我還沒接電話之前，小沫又說了一遍她的乞求，也是她的命令。

我接通了電話。

「我馬上到。」

沒有給林晉說話的機會，我就把電話掛斷了。原因很簡單，我不想聽到林晉對我質問，更不想聽到可能出現的其他信息，以免讓自己在小沫面前表現出太多情緒。

「走吧。」

我攔下一輛出租車，和小沫一起坐進後排。

三十分鐘後，我和小沫一起在刑警支隊門口下了車。輕車熟路，我們很快就找到了林晉。

我沒有在林晉的臉上發現意料之中的不悅，他只是輕輕地從我臉上掃過一下之後，調出了一個我並不熟悉的笑容，而這個笑容，直接找到了小沫。

「小沫，你好，好久不見了。」

「是啊，好久不見，最近過得怎麼樣？」

「還不錯，你呢，過得好嗎？」

「也還行。」

林晉和小沫之間的寒暄像是久未謀面的老朋友，沒有半點拘謹，也不是禮貌上的一問一答。

而最出乎我意料的是，林晉對我和小沫的共同造訪，似乎一點也沒有覺得意外。

「林晉，我……」

我的話還沒說完，林晉做了一個制止的手勢。

「你們跟我進來吧，他們已經到了。」

他們？

他們是誰？

林晉沒有給我思考和詢問的時間，帶著我和小沫朝走廊的深處走去，掠過一排關著門的房間之後，林晉停住了腳步。

「來吧，進來再說。」

林晉打開了這扇房門，自己站在一側，示意我進去。

站在門口，我在第一時間看見房間裡坐著兩個人，是我萬萬沒有想到的兩個人，也是在我的意識中，絕對不應該出現在這裡的兩個人。

劉森和杜卓雯。

這就是林晉口中所說的他們？

「林晉，怎麼回事？」

我當然不會把問題丟給「他們」。

「坐吧，我們坐下慢慢說。」

林晉現在的語氣是我非常陌生的，沒了刑警天生的警惕，取而代之的是平和。

從我的家裡到刑警支隊的辦公室。短短一個小時的時間，我再次恢復到與他們對峙的狀態，唯一不同的是，這裡，是一個可以給我安全感的地方，還有一個可以給我安全感的人。

「我們在一輛停在路邊的車上發現一具女屍，這具女屍就是倪輕。我們做了初步的屍檢，死因是槍擊，一槍斃命，直擊要害，凶器我們也在車上找到了，那把手槍上除了倪輕自己的指紋之外，沒發現第二個人的指紋。」

林晉開門見山地描述出了倪輕死時的凶案現場，可是，他不知道，這個現場裡，還有一個人，就是我，而那顆讓倪輕一槍斃命的子彈，原本的目標也是我。

「表面上看，手槍上只有倪輕一個人的指紋，現場也沒有發現其他線索，很像是自殺，不過，我們並沒有把這起案子列為自殺案，相反，我可以肯定這是一起謀殺。」

「為什麼？」

我對林晉的判斷從不懷疑，我只是希望可以當著所有人的面，讓林晉多說一些信息出來，因為，殺死倪輕的凶手，極有可能就在這間辦公室裡。

「因為槍傷的部位是一個極不合理的位置。」

「什麼意思？」

「通常自殺的人，會選擇對自己的太陽穴或者下顎開槍，極少一部分人會選擇飲彈，但是，倪輕的致命傷是心臟，並且，子彈是由背部射入的。也就是說，如果倪輕是自殺，她需要用拿著槍的手，繞到自己背後，再朝自己開槍。我當刑警這麼多年，還從來沒有遇見以這樣的姿勢自殺的人。假設用了其他的輔助工具，那麼，對於一個要自殺的人來說，這無疑是畫蛇添足。」

「你說的沒錯，倪輕一定不是自殺。」

在我說出這句結論的同時，我環顧了一遍劉森和杜卓雯。我希望從他們的表情或者眼神中，能看出些什麼。

沒想到的是，兩個人都展現出了近乎冷漠的平靜。這樣的平靜讓我覺得非常奇怪，對於杜卓雯來說，倪輕應該是她身邊最親近的人，然而，聽到自己親密助手的死訊和現場描述時，她竟然可以如此平靜。坐在她身旁的劉森，更是沒有絲毫的波瀾。

「根據目前法醫的推測，倪輕的死亡時間應該是在昨天下午，也就是說，她是在和你一起離開醫院之後，死亡的。」

這一次，林晉是在我面前，在我可以親耳聽到的情況下，正式說出了倪輕的死亡時間，還有，就是她和我一起離開醫院的時間。

昨天！

這一次，我已經做好了心理準備，至少在表面上，我可以做到不動聲色，繼續聽林晉說下去，可是，在我的心裡，已經波濤洶湧了。

「說實話，原本你是在我的懷疑對象之中，雖然我不相信你會干出這樣的事，也不認為你有這樣的動機。」

「我？」

「沒錯，你。」

我萬萬沒有想到，林晉約我見面的目的，竟然是對我的懷疑。

「因為倪輕的死亡時間和你們離開醫院的時間實在是太近，從作案時間上來講，至少，你是有嫌疑的。今天約你來的目的，一是對你進行調查，二是想要瞭解你們一起離開之後，還見過什麼人。」

「好，林晉，我可以配合你，不過，在這之前，你必須告訴我，為什麼他們也會在這裡？」

林晉的描述結束了，我也終於找到了機會問出這個從一進門就想知道答案的問題。

林晉看著我，笑了。

和林晉認識的這段時間裡，這還是我第一次在這麼短的時間內，連續看見他臉上出現兩次笑容。

「我說過，原本你是在我的懷疑對象之中，不過，現在已經不是了，這就是他們會在這裡的原因。」

在我的心裡，試想過很多個林晉會給出的答案，可他卻偏偏給出一個完全不在我想像之中的答案。

「我不明白。」

「剛剛給你打了電話之後，小沫給我打了個電話，問我找你什麼事。我簡單說了一下，沒想到，倪輕就是杜教授的學生，杜教授對這件事非常意外，同時，她和劉教授還告訴了我一個非常重要的信息。昨天你和倪輕離開醫院之後，倪輕把你送回了家，二位教授和小沫都親眼看見，隨後倪輕又獨自出去了，在那之後的時間才是真正的案發時間。倪輕出門之後，你一直都和他們在一起，所以，你根本沒有作案時間，二位教授和小沫都是你的不在場證人。」

「你說什麼！」

我沒能繼續保持住僞裝出來的不動聲色，對著林晉大喊起來。

我的反應讓林晉收起了臉上和諧的表情，馬上調出了他最擅長的質疑和警惕。

「你覺得有什麼問題嗎？」

不僅是臉上的表情，林晉的腔調也發生了改變。

「我想，應該是精神過度緊張的表現吧，司徒醫生也是這麼說的。」

在我和林晉中間，用最平和的語氣緩解緊張氣氛的人，是劉小沫。

林晉拿出了我習慣的眼神，審視了一遍房間裡所有的人，而最重點的，也是耗時最長的審視對象，當然是我。

在林晉的審視之中，我收起了全部溢於言表的思緒和回憶，我知道，現在的林晉，已經沒有辦法成為我的後盾，我又進入了孤立無援的狀態。

在幾乎凝固的空氣中，林晉完成了對所有人的懷疑，我相信他沒有從任何人的眼睛裡發現任何蛛絲馬跡，但是，剛剛的信任已經徹底消失殆盡了。這一點，對我來說，應該是一件好事。

「既然這樣，那你們就先回去吧，如果有什麼新的進展，我會隨時要求你們再來協助調查的。」

後半句話，林晉是盯著我說出來的。

我知道，他現在一定會，也必須放我們走，繼續留下來，他已經得不到任何有價值的信息了。

「好，有需要，我會隨叫隨到的。」

我多麼希望林晉能真正理解我這句話的意思。

說完這句話後，我沒有多作停留，起身準備離開。

「可以讓我看看倪輕的屍體嗎？畢竟，她是我的學生。」

杜卓雯在安靜的房間裡突然向林晉提出了這個要求。

「不可以，除非死者家屬，其他人都沒有這個權利。」

林晉斬釘截鐵地拒絕了杜卓雯的要求。

「可是……」

杜卓雯想說點什麼，但是沒有把話說完，她這樣欲言又止的樣子讓我對她沒說出來的話產生了興趣。

林晉也在等著她後面的話，所有人都看著杜卓雯。

經過一番思考之後，杜卓雯開口了。

「本來不想說這件事，可是，我真的很想見她最後一面，如果真的只有家屬可以見的話，那我倒是可以代替這個角色，因為，倪輕沒有家屬。」

「沒有家屬？」

「是的，倪輕她沒有家屬，她是孤兒。」

「她是孤兒？」

我和林晉不約而同地說著，儘管是同一句話，我們卻表達著不同的含義，林晉只是對經過他手的一個被害者是孤兒的身分表示惋惜，

而我，則是聯想到另一個名字。

倪羽！

如果杜卓雯沒有撒謊，倪輕是孤兒的話，那麼，為什麼她會說倪羽是她的哥哥，又為什麼向我舉槍為哥哥報仇？反而言之，如果杜卓雯撒謊，倪輕根本就不是孤兒的話，那麼，她選擇了一個最不應該見證這個謊言的對象，在林晉面前說出這樣的謊言，我相信，不到十分鐘就會被林晉揭穿，杜卓雯不會笨到犯這樣低級的錯誤。

這樣說來，可能性就只有一個，說謊的人。

是倪輕。

她向杜卓雯編造了自己孤兒的身分，借此來投靠她，目的，當然是為了接近我，最後得以為哥哥倪羽報仇。

這是唯一合理的解釋，可是，這樣一個合理的解釋卻沒有得到一個合理的結局。原本我已經在倪輕槍口之下，她只需要輕輕地扣動扳機就可以大功告成，沒想到，現在變成屍體的竟然是她自己，而更加匪夷所思的是，不知不覺中被移動的空間和莫名其妙丟失的時間。

到底是昨天還是今天？我想，沒有人可以告訴我正確答案。

「如果是這樣，我可以酌情考慮，你給我點時間。」

「好，謝謝，我就在這等。」

林晉對杜卓雯做出了讓步，杜卓雯對林晉卻步步緊逼。

林晉當然不喜歡被逼迫，不過，杜卓雯的態度和給出的理由讓林晉一時間也想不出拒絕的辦法。

林晉沉著臉，思考了一下。

「好，我需要時間安排一下，你要是願意在這裡等，那就隨便你吧。」

說完，林晉轉頭對著我。

「那你們呢？也在這裡等嗎？」

「我們？」

我不知道自己應該做什麼樣的選擇。坦率地說，我不想看見倪輕的屍體，我的腦子被一連串還沒有答案的謎題困擾著。秦曲的死，自稱是秦曲卻長著倪羽樣貌的屍體，我無處尋找的空間和時間，牆上丟失的畫和小沫的遺像，倪輕的真實身分，這所有的一切都像螞蟻一樣，一口一口啃食著我的每一條神經和每一個回憶。

「我想，我……」

我很累，筋疲力盡的累。我想逃避掉所有即將出現的新境遇。

「我陪她就可以了。」

一直一言不發的劉森在這個時候幫我做了決定。

「讓小沫陪他回去吧，司徒醫生說過，他現在最需要的是休息。況且，他們留在這也沒有任何意義。」

「隨你。」

林晉沒有給我說話的機會，徑自出門離開了。

房間裡剩下四個人，我、小沫、劉森和杜卓雯。

「好了，你們先走吧。」

劉森依舊優雅地發號施令，他像一個指揮官，掌控著一切，也像是一個惡魔，主宰著我的命運。

我默不作聲，掃視了一遍所有人之後，拖著疲憊不堪的軀殼，走出了房間。雖然結果一樣，但是，我並不是執行了劉森的命令。

緊跟在我身後的，是小沫。

走出刑警支隊的大門，享受著來自人間的陽光和空氣，我突然間有了種看破生死的感覺，這種感覺很滑稽，也很無奈。

因為，在我眼裡，活著和死去，已經沒有了區別。

靜靜地站了幾分鐘，我覺得自己有些不適應，也不知道是不適應這種真實的、來自人間的感覺，還是不適應自己仍然繼續活著。

我打算離開這裡，但是，剛剛邁開第一步，我就停了下來，我不知道自己應該去什麼地方，當然也就不知道這第一步應該朝向什麼方向。

「你想去哪兒？」

小沫一直站在我身後，她看出了我心裡想的事情，她總是能在最適合的時間對我說出最不適合的話。

「我不知道。」

「不管你想去哪兒，我陪著你。」

「我不需要。」

對小沫的拒絕，彷彿已經成了一種慣性。

對小沫而言，把我的拒絕置若罔聞也成了一種慣性。

「如果你真的不知道應該去哪兒，不如我帶你去一個地方吧。」

「你帶我去一個地方？」

小沫提出的要求讓我有些吃驚，這樣的態度並不在我們的慣性當中。

「是。」

沒有多餘的話，小沫用了自己最不常用的直截了當。

我沒有繼續說話，我在思考，這個地方，是小沫想要帶我去的，還是她必須要帶我去的。

「去嗎?」

小沫沒有強迫我做任何事的習慣，所以，在我沒有給出答復之前，她會持續徵得我的同意。

我想要拒絕她，可是，小沫口中的「一個地方」卻在無形中讓我有了好奇心。

「什麼地方?」

「去了你就知道了，等我一下。」

小沫對我的瞭解在很多時候比我自己還要多。她知道，她已經得到了我的同意。

小沫很快轉身離開了我的視線，我不知道她要去哪兒，去幹什麼，只能在原地等她。

十分鐘過去了，我的眼前依舊是一片空白。

我的思緒，也是一片空白。

本來我覺得自己應該趁這個時間好好整理一下這段時間以來發生的所有事情，但是，越是想要去思考，就越沒有辦法思考。

突然間，我聽見了一個聲音。

是一輛車，一輛向我靠近的車。

聲音越來越近，那輛車也越來越近，我的恐懼也隨著這輛車的靠近而急速增加。

因為，我看見了一輛。

暗紅色的 Jeep 越野車!

我還清楚地記得，這輛暗紅色的 Jeep 越野車，並不屬於劉小沫，它的主人，是已經死去的倪輕。

在這一瞬間，我突然想起了林晉剛剛所說的一句話。

他是在路邊的一輛車上發現了倪輕的屍體，重點在於。

林晉並沒有說明那是一輛什麼車。

這輛暗紅色的 Jeep 越野車有恃無恐地向我靠近，片刻之後，它和我的距離已經近在咫尺。

這樣的距離，讓我清楚地看見，駕駛著這輛車向我靠近的人。

是劉小沫！

伴隨著一聲平和的煞車聲，小沫的臉透過已經搖下的副駕駛車窗，和我面對面了。

這一幕，讓我沒有辦法不聯想起今天，不對，應該是他們口中的昨天。也就是倪輕以同樣的方式讓我上車時的場景。

「上車吧。」

小沫的聲音和我已經恐懼得僵硬的身體，還有，這輛屬於倪輕的車一起僵持在路邊。

「這……這車是……」

我的聲音帶著微弱但十分明顯的顫抖。

「砰」

關車門的聲音突然響起，緊接著，小沫已經走到我身邊，和倪輕讓我上車時的動作一樣。

「上車吧。」

小沫幫我打開了副駕駛的車門。

隨後，我感覺到背後有一股力量，很溫柔，但是，卻無法阻擋，這股力量來自小沫的手，把我僵硬的身體安放進車內。

小沫重新坐回駕駛座，這輛暗紅色的 Jeep 越野車在城市道路上，開始了行駛。

「我知道，這輛車一定會讓你覺得不太舒服。」

小沫盯著前方，像是自言自語。

「不過，也只有這輛車，能帶我們去那個地方。」

「你什麼意思？」

「這個世界上，有很多事情是不能複製的，因為，一旦複製，造成的結果就是把悲劇重演。但是，有些事又必須要複製，為的不是讓悲劇重演，而是阻止悲劇。我、爸爸還有杜姨，我們這一段時間以來，一直在做這樣的事情。」

小沫說話的樣子，和劉森一模一樣。讓我搞不清楚她想要表達的是什麼，哪怕話已經說得明明白白，我還是一個字也聽不懂。

「小沫，在這個世界上，如果讓我選擇一個我最願意信任的人，我想，我會選你。」

這句話進入小沫耳朵的同時，也進入了我自己的耳朵。也正是在這個時候，我對我自己無中生有的這句話感到了後悔。

為什麼我會無端說出這樣一句話？

「我知道。」

小沫平靜地回答讓我後悔的感覺更加強烈。

我連續做了幾次深呼吸，讓僵硬的身體慢慢恢復一點知覺，也讓已經幾近短路的神經重新開始工作。

「小沫，能告訴我這輛車是怎麼來的嗎？」

我很慶幸，自己的思維終於開始正常了。

「可以。」

小沫的回答很乾脆，我想，她也沒有打算隱瞞。

我做好了一切思想準備，等待著小沫為我揭開這個最新出現的謎題。

車繼續行駛在城市道路中，小沫的那句「可以」還停留在車內的空氣裡，然而，只是停留在那裡而已。

「小沫。」

我叫了一聲她的名字，意在提醒她我已經準備好了，可以開始講述答案了。

小沫沒有理會我，繼續著自己手裡的工作。

「小……」

我第二次的嘗試剛剛說出一個字，小沫就打斷了我。

「不僅僅是這輛車的由來，其他你想知道的答案，我都會告訴你。但是，不是現在。」

「那是什麼時候？」

「很快，我們就快到了，很快，很快……」

小沫的聲音越來越小，似乎她也在期待著某個時機，而這個時機，我相信就在她要帶我去的那個地方。

我耐心地等待著，等待著目的地的降臨。

車輛還在繼續行駛。

剎那間，我想起了一件事，一件足以讓我全身的汗毛都緊張起來的事。

我的眼神慢慢地移開了道路的正前方，一點一點地向我的身後移動。我盡量讓動作很輕，頻率很慢，我不希望被小沫發現。

當我的眼神即將抵達我身後時，一個聲音突然止住了我的動作。

「那本書，已經不在車上了。」

小沫的聲音不僅僅讓我現在的動作戛然而止，同時，還引發出我的另一個動作。

我的目光頃刻間轉向小沫，雖然我不能看見自己的眼睛，但是，我可以想像得到，我現在的眼神展現著多麼強烈的驚恐。

「你……你知道那本書？」

小沫當然知道那本書，作者是我，小沫也身處在這一個被記載下來的故事當中。

不過，我現在想問的，不是這本書，而是，這本書裡被倪輕用書簽標記下來的那段內容。我沒有辦法直接問出這個問題，所以，只能用這樣的語言來進行試探。

「當然。」

小沫的回答中規中矩，這樣的答案讓我不得不繼續試探。

「那……你知道……那本……」

「我說過，我會告訴你所有你想知道的事情。」

小沫繼續讓這輛屬於一具屍體的車保持著快速前進。

我很想放棄，我不知道自己繼續活在這個世界上意義是什麼？難道就是任人左右我的命運，一直遊離在不斷出現的謎團當中嗎？我永遠在等一個答案，卻總是在答案還沒出現之前陷入另一個像沼澤一樣的迷局之中。

腐屍、泥沼、枯枝敗葉。

生活，不外如是。

我安靜了下來，任由城市不停地向後移動。我甚至閉上了眼睛，把自己全部交給卑微的聽天由命。

不知道過了多久，汽車發動機的聲音消失了。

「到了。」

小沫的聲音讓我睜開了眼睛。

光線從黑暗中破繭而出，我看到了小沫計劃中的目的地。

竟然是這裡！

即使再給我一萬次機會，我也不會想到，小沫要帶我來的地方。

竟然是這裡！

這是一個我來過的地方，上一次，帶我來這兒的。

還是這輛車。

這輛暗紅色的 Jeep 越野車。

紅的像血，像已經凝固的血，像是割破一具屍體之後，不會流淌，只用顏色證明自己已經凝固的血。

這個地方。

就是倪輕對我舉起槍的地方！

「為什麼帶我來這兒？」

我對小沫用了質問的口氣，只不過，這樣的質問是建立在心有餘悸之上的。

「在我回答你的問題之前，你可以先回答我一個問題嗎？」

小沫的聲音很軟，軟得幾乎帶著眼淚。

「好。」

小沫拔下了車鑰匙，解開了安全帶，調整了一下坐姿，在狹小的空間內，盡量和我保持著正面相對。

「你還在記錄我們的故事嗎？」

小沫問了一個我意想不到的問題。

我略微做了一下思考，決定用實話回答她。

「記錄了。」

「還是在你的電腦裡嗎？」

「是。」

「電腦的密碼還是原來那個嗎？」

「是。」

「在你的記錄裡，我扮演了一個什麼樣的角色？」

小沫的眼睛裡有了淚光。

我不明白她此時此刻的心情到底是怎樣的，為什麼會突然之間有了如此顯而易見的傷感。我知道，小沫在我面前從不隱藏自己的情緒，可是，現在的她，到底是為什麼而傷感？

我不知道應該怎麼回答她這個問題。小沫在我心裡的角色其實一直都很明確，只是，我從不向任何人承認，包括我自己。

「你的問題太多了。」

我依舊採取了這樣最沒有禮貌的方式拒絕了小沫的問題。

小沫低下頭，也許是在調整自己的情緒，也許是在隱藏自己的情緒。

片刻之後，小沫重新抬起頭，她的臉上已經沒有了剛剛的傷感。

「是啊，我的問題太多了，現在輪到你問了。」

小沫終於把話題引到了我最希望到達的軌道上。可是，一時之間我卻不知道應該從何開口。

這種感覺很不好，就像是被饑餓侵蝕到骨髓的難民突然看見了食物，在飛奔上前的時候是無法抑制的喜悅，可是，真正抓起食物的時候，突然發現自己已經丟失了進食的本能。

我做了一個為時不算短的思考，決定從時間距離最近的問題開始。

「為什麼要帶我來這兒？」

「每一個地方都有屬於自己的故事。」

「這裡有什麼故事？」

「當一個故事達到某種極致，就無法分辨它的真假。」

「那麼，這裡的故事到底是真還是假？」

「聽故事的人和講故事的人，對於真假都有著自己的理解。」

三個問題，三個看似答非所問的答案。

我停止了提問，細細琢磨著小沫給出的三個答案。

她的回答行雲流水，仿佛早就知道我的問題，也早就準備好了答案。

我知道這個地方有什麼故事，也知道這個故事難分真假，只是沒有辦法確定，到底我是聽故事的人，還是講故事的人。

我沒有打算繼續追問下去，我不想再聽到這樣猶如意識河流的回答，我決定問一些更加具體的問題。

「為什麼你會開倪輕的車？」

「因為昨天倪輕開車送你回家之後，留下了車鑰匙，今天去刑警隊的時候，杜姨就是開著這輛車去的。我們離開刑警隊時，杜姨又把鑰匙給了我。」

合情合理的答案。

除了時間！

小沫仍然說的是昨天，時間順序仍然不是我親眼看到的那樣。

不過，我不打算向小沫提出這個關於時間的問題，因為，即使她給出答案，我也不會相信。

我要自己尋找答案。

「你知道倪輕的車上原本放著那本書嗎？」

「知道，而且在那本書的某一頁，夾著一張書簽。而這一頁，就是倪輕和你之間最直接的聯繫。」

原來，小沫知道倪輕的真實身分！

我突然間感到心臟劇烈的疼痛。

我的呼吸開始吃力，有種想嘔吐的感覺。

小沫知道倪輕和倪羽之間的兄妹關係，知道她接近我是為了替哥哥報仇，也知道倪輕一直等待著和我單獨相處的機會，目的就是為了殺我！

可是，這一切，小沫卻從來沒有向我提起過。

換句話說，小沫，是倪輕殺我的幫凶。

「小沫，你……」

我沒有辦法完整地把這句話說完。我可以為倪羽償命，也允許從倪輕的手槍裡射出的子彈穿透我的胸膛。我不懼怕死亡，面對死亡我可以欣然接受，但是，我不能接受的是。

小沫，竟然就是幫凶！

心臟的劇烈疼痛讓我的表情開始扭曲，我捂著胸口，汗珠從額頭慢慢滲出。

小沫，就在我面前，輕描淡寫地看著我。

就像看著一個將死之人，不論我表現出怎樣的渴求，她都堅持著自己的袖手旁觀，直到親眼看見我在痛苦中死去。

「你還有問題嗎？」

小沫冷眼地看著我，平淡地說。

我沒有辦法說話，喘著粗氣。

「等一下吧，很快，你會得到一個你最想得到的答案。」

小沫帶著一點挑釁，也帶著一點不屑。

我想衝下車，我想離開這，不管我即將得到什麼答案，都已經對我沒有意義了。

我忍著疼痛，抽出一只手，準備打開車門。

在我即將觸碰到車門的瞬間。

手機鈴聲響起了。

我看著小沫，小沫也看著我。

「接吧，你一定感興趣。」

小沫的眼神讓我覺得陌生，不過，我很快想起來自己曾經見過這個眼神。

就在我家，小沫拿著匕首，準備刺進我胸膛的時候。

就是現在這個眼神。

手機鈴聲還在持續，在車內安靜而狹窄的空間裡，顯得異常突兀。

「接！」

小沫厲聲命令我。

不知道為什麼，這一刻，我竟然收回了準備打開車門的手，轉而拿出了手機。

屏幕上，顯示著一個名字。

林晉。

到底發生了什麼事？林晉為什麼會在這個時候給我打電話？更加奇怪的是，林晉的這通電話，竟然是在小沫的意料之中。

沒有其他選擇，這個電話，我只能立刻接。

「喂。」

「你在什麼地方？」

林晉的聲音非常焦急。

「我在……」

「你先聽我說。」

林晉沒有等我把話說完，也沒有在乎我究竟在什麼地方就打斷了我。我可以肯定，林晉即將要告訴我的事情，一定比我的去向更加重要。

我配合了林晉，立刻終止了說話，專心地聽著通過電波傳來的聲音。

「我已經查出來殺倪輕的凶手是誰了？」

林晉簡明扼要地表達了這個電話最核心的內容，這個內容也讓我身體一振。

「是誰？」

「你聽好了，不管你信不信，這都是事實。」

「好！你說，到底是誰？」

接下來的一秒鐘，我清清楚楚地聽見林晉說出了三個字。

這三個字，沒有一點含糊，每一個字都清晰得像尖刀一樣，刺進我的身體。

林晉說出的這三個字是。

「劉小沫。」

與此同時，我轉頭看著她。

眼神交匯的瞬間，除了她的眼睛之外，我還看見另外兩樣東西。

其一，她的臉上泛著詭異的笑容，足以讓人寒徹心底的笑容。

其二，她手裡突然出現的手槍。

不過，對準我的，並不是槍口。

在我還沒來得及反應時，槍托已經重重地砸向我的頭。

第十一章

活著，
才是天大的恐懼。

尼採說。

「如果閣下長時間盯著深淵，那麼，深淵也會同樣回望著閣下。」

我渴望盯著深淵，同樣渴望深淵回望著我。

混沌已經成了一種喪失了感知的安全感。渾渾噩噩中，我知道自己還活著。

有人在不停地搖晃著我的身體，我似乎聽到有人在大喊我的名字，我努力地想睜開眼睛，可是，一切都只是徒勞。

人，死去並不可怕。

活著，才是最大的恐懼。

只有活著，才會體會到人間的骯髒、無所不用其極的出賣、至親之人的背叛、漩渦中心不停拉扯的迷惘，所有的一切，都會伴隨著呼吸，湧遍全身。

我的思維可以肆意進行，在天昏地暗中，沒有光線、沒有希望、沒有知覺、沒有人性。我體會到了比死更加悲戚的活。

搖晃還在繼續，從未間斷，我知道，搖晃我的人，一直會堅持到我睜開眼睛。

「醒醒，能聽見嗎？醒醒。」

聲音越來越具象，我知道，我就快迴歸人間了。

「醒醒，能聽見嗎？醒醒。」

我用盡全身的力氣，睜開了雙眼。

一張焦急的臉在我眼前。

一張我最不願看見的臉，在我眼前。

劉森。

我轉動眼球，努力尋找著劉森身邊的人。

我的運氣不錯，在劉森旁邊，看見了一張可以讓我安心的臉。

那是林晉。

「看來已經醒了。」

林晉把手搭在劉森的肩膀上，讓他停止了對我的搖晃。

「這是哪兒？」

已經記不清我是第幾次從昏迷中醒來，每一次都會提出這樣的問題。

「能起來嗎？」

林晉撥開了劉森，占據了離我最近的位置。

「可以。」

我掙扎著，在林晉的攙扶之下，慢慢坐起來。

四周一片開闊，不是我想像中的某個房間、醫院，或者是一張陌生的床。

「這是哪兒？」

「刑警支隊門口。」

林晉告訴了我準確的坐標。

「我怎麼回來了？」

我一只手撐著冰涼的地方，保證自己的坐姿，另一只手用力地按摩著太陽穴，以此來緩解疼痛。

「我也想問你這個問題，我送二位教授出來，剛剛走出來，就看見你暈倒在門口。」

「我一個人？」

「當然是你一個人了，不過還不錯，你很快就醒了。現在感覺怎麼樣，需要送你去醫院嗎？」

我撐著林晉的肩膀，努力站起來。

劉小沫畢竟力量有限，我的意識幾乎已經完全恢復了。

「小沫呢？她不是跟你在一起嗎？」

劉森見我已經可以站起來，馬上詢問自己女兒的下落。他的表情很著急，但是，在我看來，這樣的演技顯得很拙劣。我不相信他不知道自己女兒殺人的事情，或者說，倪輕的死，很可能根本就是劉森和杜卓雯布的一個局，只是沒想到，這麼快就被林晉查出來。

我把劉森拋在一邊，看著林晉。

「她是逃跑了嗎？你布置好怎麼抓她了嗎？」

林晉看著我，一臉的茫然。

「誰逃跑了？抓誰？」

「當然是……」

在那個名字即將說出口時，我停下了，然後，強迫自己把那個已經到嘴邊的名字咽回去。

我還是不忍心、不忍心把那個名字直接和殺人凶手聯繫起來。

「當然是殺倪輕的凶手了。」

我的手還扶著林晉的肩膀，我清楚地感覺到，他全身的肌肉在我說完這句話後，立刻緊張了起來。

「殺倪輕的凶手？是誰？」

林晉的聲調一下子抬高了許多，他的態度反而讓我有些措手不及。

「不是你給我打電話說，已經查到了凶手嗎？凶手不就是……」

我故意留下一個空檔，希望林晉可以把那個名字填進去。

「我沒有給你打電話呀、再說，就算真的查到了凶手，我也不可能打電話告訴你。」

「你說什麼！」

林晉的話猶如晴天霹靂一般，讓我原本已經恢復了意識的大腦，瞬間又挨了重重一擊。

「有人冒充我給你打了電話嗎？」

「沒有人冒充你，在我看來，那個人就是你。」

我只能這樣回答林晉，因為，我已經沒有其他的答案了。

「我？這怎麼可能？」

沒錯，林晉說得一點也沒錯。

這的確是一件不可能的事情。林晉一定很清楚自己是否給我打過電話，他也一定清楚，就算查出了凶手，也不會在第一時間打電話通知我，這千真萬確是一件不可能的事情。

那麼，給我打電話的那個林晉。

又是誰呢？

或者，應該問，現在站在我面前的這個林晉。

真的就是林晉嗎？

我的臉上露出了苦笑，這個笑容是為了祭奠，祭奠壓在我身上的那些也許永遠沒有真相的謎團和陰謀，祭奠我早已經死去的對人間的期望。

「林隊。」

一個陌生人突然闖進我們的對話之中。他直直地走向林晉，用對林晉的稱呼解釋著自己的身分。

這個年輕的陌生警察對除了林晉之外的所有人環視看了一遍，當然，用的是警察特有的懷疑和警惕。這眼神，雖然還達不到林晉那般淩厲，卻也足夠看穿人心。

環視結束之後，他對林晉耳語了一番。

林晉的眼睛裡突然又多了些驚訝和不解，但他還是表現得很內斂和克制。

「好，我知道了，你去吧。」

「是。」

年輕的陌生警察在很短的時間內，就消失在我的視野裡。

隨後，林晉看著我，語氣沉穩地說：

「剛剛我讓同事看了監控，他把你怎麼到這兒來，又是怎麼暈倒的情況告訴了我。」

「等等。」

林晉的這句話裡，有一個描述讓我無法理解。

「你說的是，我到這兒來？」

我著重地把「我」字凸顯出來，這也是我不能理解的地方。

「是的，監控裡全部都記錄下來了。我的同事告訴我，就在剛剛，你自己一個人走到這裡，在原地站了一會兒之後，就突然暈倒了，接著，就看到我們走出來，後面的事，你都知道了。」

我自己一個人走到這裡，在原地站了一會兒之後，就突然暈倒了？

我在心裡默默地重複著林晉的這句話，一遍又一遍，我以為自己的聽覺出了問題，又或者是認為自己沒有能夠理解清楚這句話的意思。

我愣了很久，林晉好像還在對我說著什麼。我看見，他正面對著我，嘴也在不停地動。可是，我已經什麼都聽不到了，在我耳畔和心裡不斷回響的，只有林晉剛剛所說的那句話。

「你自己一個人走到這裡，在原地站了一會兒之後，就突然暈倒了。」

如果監控沒錯，如果林晉的同事沒有看錯，如果林晉沒有聽錯的話，我真的是自己一個人走到這裡來的？

那麼，小沫呢？她是怎麼在車上把我打暈，又讓我自己一個人走到這裡？這是不可能的事情，絕對不可能的事情。

可是！

監控不可能錯，林晉的同事也沒有理由去騙他，林晉更加不可能聽錯，或者故意欺騙我。

那麼，一件絕對不可能的事情，在我身上，又一次真實地發生了。

不對！不可能！我相信自己的眼睛，我相信我親眼看到的劉小沫，我相信我看到的在她臉上演繹出來的那一抹詭異的笑容。

就在剛才，時間很短，所有的事情、所有的畫面都還歷歷在目。我的頭還在痛，我可以準確地指出被槍托撞擊的部位。

「小沫到底在哪兒？為什麼你會一個人回來？她沒有跟你在一起嗎？」

劉森拉開了擋在我和他之間的林晉，拋棄掉了一貫的儒雅和風度，雙手抓著我的兩臂，臉上寫滿了焦急。

「我怎麼知道，她沒跟我在一起。」

我想，現在如果我告訴他們，我不是自己暈倒，而是被小沫用槍托打暈的話，應該沒有人會相信。

更有甚者，連我自己也開始懷疑我自己了。

「你可以給她打電話，不就什麼都清楚了嗎？」

不知道是因為我故意展示出來的滿不在乎的態度，還是劉森對自己女兒的過度緊張，我說完這句話之後，劉森憤怒地一把把我推開，獨自走到了一邊。

我不知道為什麼劉森會做出這樣的動作，在旁人看來，也許這並不算什麼，可是，對於瞭解劉森的人來說，這樣的行為對於他，已經可以說是歇斯底裡了。

「從我們剛剛發現你暈倒的時候開始，他就一直在給小沫打電話，卻沒有一次接通過。」

我的心裡突然間有了些奇怪的感覺，好像是一種預感，又好像是一種直覺，不論是什麼，我都可以得到一個結論。

事情，好像變得很嚴重。

「小沫從來沒有這樣過，無論她在幹什麼，她都一定會接我的電話。」

劉森重新回到我身邊，這一次，我已經可以理解他的焦急了。

與此同時，我的心裡萌生出一個新的問題，這個問題的出現，加上劉森焦急的狀態，讓我忍不住倒吸了一口涼氣。

「你在想什麼？」

林晉從我的臉上看出了我的心思。

我想把這個問題說出來，我知道，只要這個問題從我口中說出，我就會立刻得到答案，並且，一定是準確答案。

但是，如果真的是我想像中的那個答案，那麼，我就會立刻陷入另一個沼澤。

「林晉，我知道不應該這樣問你，但是，我還是要做一個確定。確定之後，我還需要你給我另一個問題的答案。」

「好，你說。」

「我真的是一個人走到這裡，然後暈倒的嗎？」

「監控畫面裡，是這樣的。」

林晉毫不猶豫地為我做了最後的確定。我就像一個死刑犯人，在行刑前提出的最後一個要求，就是再聽一遍審判書。

「好，林晉，我再問你，你之前告訴我在路邊的一輛車上發現了倪輕的屍體，那你可以告訴我，那是一輛什麼車嗎？」

林晉看著我，顯然沒想到我會問他這個。

他做了一個簡單的思考之後，告訴我。

「一輛暗紅色的 Jeep 越野車。」

「那輛車呢？」

「作為證物，我把它暫扣了。」

答案，果然和我想像中的一樣。

在這之後的半個小時裡，我看著劉森委託林晉尋找小沫的下落；看著杜卓雯安慰劉森也許只是暫時聯繫不上；看著林晉要求我去醫院檢查一下，找找暈倒的原因。

而我，把所有的一切都置之度外，只是不停地在心裡默念著兩個字。

詛咒。

那幅畫並沒有消失，也並沒有被秦曲撕毀，它只是用了另一種更適合它的方式而存在，它把所有的一切都攪亂了。

時間、空間，不該死而死去的人，不想活而繼續活著的人。

所有的一切，都被那個詛咒。

徹底地攪亂了。

秦曲的憑空出現，一次又一次的死而復生。不明身分的屍體、倪輕的復仇、被稱作倪羽的 X、逃脫地獄的靈魂、空間和時間的扭曲，所有無法用語言來解釋的一切。

從一開始，就不僅僅是一個死亡與復活的詛咒。

這是一個擁有著摧枯拉朽之力，扭曲、拉扯、撕碎世間萬物的詛咒。

我並不是一個迷信的人，我也並沒有從一開始就相信所有的一切，可是，那幅畫裡和我一模一樣的臉，和小沫一模一樣的臉又該做何解釋呢？被改變的空間、丟失的時間又該做何解釋呢？憑空出現的人、憑空出現的屍體、憑空消失的人又該做何解釋呢？

恐懼，注定了人無法戰勝自己，我曾經企圖殺死恐懼，到最後，我仍然被恐懼擊潰，輸得一敗涂地。

不知道過了多少時間，不知道運用了什麼交通工具，也不知道我到底聽到些什麼、說了些什麼，當我再度感覺到呼吸的溫度時，我已經坐在自己家裡，那張我最熟悉的椅子上。

還是那盞燈，房間裡唯一點亮的燈。

只不過，那束燈光的對象，已經從寫滿詛咒的畫，變成了。

小沫的遺像。

我不能確定小沫現在是生是死，我想，現在的她，應該是失蹤了吧，我希望我的這兩個字可以成為最準確的表述。

因為，失蹤。

至少可以證明。

小沫。

還活著。

我希望她活著，迫切地渴望她還活著。

遺憾的是，我只能把這樣的夙願，在心裡不斷地重複著，我什麼都不能做，也什麼都做不了。

我看著小沫的遺像，心裡有一種說不出的滋味，如果她不是失蹤，那麼，這張照片就是小沫留給我唯一的東西了。

等等！

那張照片到底出自誰手？

這又是一個一直沒得到答案的問題，但是，現在，這個答案突然間顯得彌足珍貴。

我來做一個大膽的假設，如果這張照片的出現，是一個提醒或者是一個預告的話，那麼，這張照片的作者，很可能就是左右著整件事、導演著所有故事的始作俑者。

也就是說，一直以來，還有一個被所有人忽視掉的幕後黑手。

想到這，一股涼意在我的身體裡肆意遊走。

這個人是誰？他的目的是什麼？

最重要的一點，他。

是人嗎？

我曾經一直把所有的問題都歸咎於劉森和杜卓雯。但是，事情發展到今天這一步，我相信，和他們已經沒有關係了。原因很簡單，如果劉森和杜卓雯有他們的計劃，那麼，目標當中，絕對不會有小沫。可是，小沫已經被卷進泥沼了，僅憑這一點，就已經可以斷定，這不是劉森和杜卓雯的計劃，至少，那個幕後黑手，一定不會是他們。

秦曲？倪輕？

沒有人會拿自己的生命當作誘餌。

我開始一點一點地回憶之前的每一幕。

我離開了那張最熟悉的椅子，關掉了那盞燈。走進另一個房間，坐在電腦前，用小沫也知道的那個密碼打開了電腦。

我開始認真地看著之前記錄下來的每一個字，讓這個屬於我的故事，同時也是我的生活、透過電腦屏幕，重新再現了一遍。

幾個小時之後，我做完了這件極其殘忍的事情。

未解之謎仍然繼續保持著神祕，沒有得到的答案也依舊沒有露出半點蛛絲馬跡。我突然間覺得自己非常可憐。在這個屍橫遍野的故事裡，我扮演著凶手、證人、被害者，混亂的角色。但是，我卻沒有任何一個時間可以看懂這個故事。

我關了電腦，走進浴室。我想讓自己清醒，想用冷水洗個臉，讓自己已經混沌不清的思維可以稍微清楚一點，還有，我想洗掉已經掛在臉上的淚。

水很涼，是我需要的那種涼。

我想看看鏡子裡的自己，想看看還活著的自己。

我抬起頭，目光落在鏡子上。

鏡子裡，有兩個人！

一個是我，另一個，站在我身後。

我猛然轉身，他不閃不避，直直地站在我身後。

「倪羽！」

我大聲地喊出了他的名字。

「很好，你終於知道我的名字了。」

「你真的叫倪羽？」

曾經，他在我心裡的名字一直都是X。現在，我終於親耳聽見他確切地告訴我。

倪羽，真的是他的名字。

這一定是一項紀錄，人類歷史上第一個和鬼對話的人。只不過，對於我來說，這已經不是第一次了。

我的心很麻木，恐懼已經成為一種習慣，當這種習慣引導著思想變成慣性時，就已經很難精準地感受到那種徹骨的恐懼。儘管，恐懼一直都存在著。

「你好像並不害怕。」

倪羽的臉很白，沒有一絲血色。當然，這是一定的，畢竟，他早已經不再是人了。

「不，我很害怕。」

「你的表情很平靜，我看不出你的害怕。你知道真正的害怕應該是什麼表情嗎？你見過，親眼見過，而且，就在距離你幾十厘米的地方，你能夠清清楚楚地看見。那個表情就在我臉上，不僅僅是害怕，還有絕望，還有懇求，還有對這個世界無盡的留戀。嗯，真是一個複雜的表情啊！」

倪羽戲謔地說著這番話，是對我的戲謔，也是對自己的戲謔。

「你應該不會忘吧，就是那麼短短的距離，你只要伸一下手，我就可以繼續活下去，我就不用掉下那山崖，你想像得到嗎？那一瞬間，全身的骨頭被折斷，有的刺穿了皮膚，有的戳破了內臟，原本應該在身體裡的血被擠到了身體外面，耳朵可以聽見骨頭被粉碎的聲音，眼睛可以看見自己被那股力量拉扯到變了形，好好的一個人，一瞬間就變成一攤爛泥，混著紅色的鮮血、白色的骨頭碎片，還有讓人看著就覺得噁心的腦漿，所有的東西，都統統混在那一攤爛泥裡。」

倪羽所說的每一個字，都像鋒利的刀子一樣，一刀一刀地割破我的皮膚、肌肉和血管。

他說的沒錯，就是那麼短短的一點距離，只需要我伸一下手，也許，真的就不會有現在這樣人間和地獄的對話。

「你說的一點都沒錯，是我，你的死可以說和我有直接的關係，那又怎麼樣呢？一直以來，你都沒有再出現過，現在，你想幹什麼？把我也帶進地獄？可以，我不反對你這樣做。」

我盡可能地擺出一副大義凜然的樣子，不過，說完之後連我自己都覺得可笑。

這真的是一段真實存在的對話嗎？

我想是的，倪羽所說的每一個字，我所說的每一個字，都存在於這個房間裡，我聽見了，倪羽也聽見了。

可是，這段對話真的很可笑，因為，這是一段人與鬼之間的對話，並且，對話的內容竟然如此真實。

「把你也帶進地獄？哈哈哈，這真是一個有趣的要求，我本以為我的出現會讓你大吃一驚，就算達不到這樣的地步，也應該讓我清楚地看見你臉上的恐懼。可是，現在。」

倪羽聳了聳肩膀，就像一個活人一樣。

「你的表現太讓我失望了，我想看的什麼都沒看到。哦，不對，應該說我的表現太讓我失望了，一只孤魂野鬼，竟然沒能給你帶來一絲一毫的恐懼，哈哈哈哈。」

我可以清楚地聞到，從倪羽嘴裡散發出來的那一股令人作嘔的腐屍氣味，這氣味也提醒著我，站在我面前的，真的是一只鬼。

「我再說一次，如果你想把我也帶進地獄，我不反對你這樣做，你現在就可以動手。如果你只是希望看見我的恐懼，我也可以告訴你，就是現在，我的心，已經被恐懼填滿，你的目的同樣達到了。但是，我只能滿足你這兩個要求，除此之外，你什麼都得不到，不管你是想展現出對我的羞辱，還是想把我當成已經到手的獵物來玩弄，你都不可能做到。」

我沒有對倪羽說實話，在我的心裡，不僅僅只是被恐懼填滿，還有憤怒，我不喜歡這種被人肆意蹂躪的感覺。倪羽現在的行為讓我非常憤怒。

倪羽收起了他臉上猙獰的笑容，他變得平靜，我認為，現在的表情更適合他，這是一種人間難得一見的平靜，一種只屬於屍體的平靜。

倪羽平靜的表情讓空氣陷入了沉默，我不知道這沉默應該定義為暴風雨前的平靜，還是死亡之前的序曲。

沉默，安靜。

我和一只鬼。

互相享受著對方帶來的。

安靜，沉默。

就連從我身後的水龍頭裡滴下一滴水，這樣輕微的聲音在我和倪羽之間都顯得異常嘈雜。

不過，這聲音卻提醒了我一件事，我必須要向倪羽提出一個問題，不論他是否回答，我都必須問出，因為，這很可能是我唯一的機會。

我要打破現在的沉默了，雖然我不知道這樣的平衡可不可以被破壞。

但是，我的聲音還沒有來得及發出，倪羽突然搶在我之前，發出了聲音。

「倪輕，是我妹妹。」

一瞬間，我的心情變得有些激動，這就是我打算提出問題的正確答案，倪羽，顯然是已經洞察到我的心思。除此之外，倪羽的答案也徹底否定了杜卓雯所說的，倪輕是孤兒的說法。

不！

他是來自地獄的能量，根本就不需要洞察。

緊接著，激動的心情轉瞬即逝，取而代之的是悲傷。對這樣悲傷的情感，我很詫異。

得知倪輕的死訊時，我並沒有這樣的情感，而現在，我卻可以清楚地感覺到悲傷之情在我心底蔓延。

也許，是對倪羽的愧疚吧，沒能讓倪輕的子彈結束我的生命，反倒讓她走向了死亡。在倪羽面前，這種愧疚引發的悲傷，是我無法掩飾的。

「是誰殺了她？」

我沒有讓悲傷的情緒影響到我的思維，此時此刻，我擁有了前所未有的冷靜，在倪羽的話音剛落沒多久，就緊接著問出了這個比倪輕身分更重要的問題。

「誰殺了她？誰殺了她……」

倪羽在我面前來回踱步，好像在思考。我不確定他是在思考這個問題的答案，還是在思考應不應該告訴我這個答案。

「告訴我，誰殺了她？」

不管倪羽在考慮什麼，我必須要聽見他的答案。我的語氣變得咄咄逼人。不對，不應該用「人」這個字眼。

我扭轉了和倪羽之間的關係，現在的對話，我占據了主動。

倪羽踱了幾步之後，突然停下來，瞪著我。

「為什麼你要知道？」

為什麼？

的確，為什麼我要知道。

我心裡有一個最準確的原因，那就是彌補，彌補一條我本可以挽救，卻因為自己對死亡的恐懼而沒有挽救的生命。彌補另一個在把我送向死亡之後就可以優雅地面對人生卻在最後時刻丟掉自己生命的人。

「我希望對你、對倪輕做一點我能力範圍之內的彌補。畢竟，我還活著，如果今天你不讓我進入死亡，那麼，總有一天，我們會在地獄相遇，等到那個時候，我希望可以告訴你，殺死倪輕的凶手，得到了人間應得的懲罰。」

「哈哈哈。」

倪羽笑了，仍然是伴隨著腐屍的氣味，並且，帶著濃鬱的地獄風情的笑聲。

「你笑什麼？」

我無法理解這個笑聲的含義。

「哈哈哈哈。」

倪羽沒有停止笑聲，相反，他的笑聲變得更加肆無忌憚。

「你到底在笑什麼？」

我沒有用特別大的聲音來質問倪羽，我怕我的聲音，會影響到這股來自地獄的能量，因為，我還沒得到我想要的答案。

倪羽的笑聲仍在繼續，過了好一會兒，他的笑聲才慢慢降低，直到停止。

「我笑的是，你的想法，還是這麼幼稚。彌補？真是一個足以讓我感動的詞語。在你沒有給我最後一點生的希望時，在我妹妹停止呼吸時，你就已經沒有辦法彌補這一切了。」

我的心突然一緊。

倪羽說的沒錯，我的確已經沒有辦法彌補了。

生命的消逝、意識的死亡，這樣的結局已經沒有辦法改變。不論做出什麼樣的彌補，都不過只是讓活著的人可以假裝自己活得心安理得。活著的人，永遠無法理解在生命即將隕滅的最後一刻，是多麼的想再看一眼這個世界，再感受一次陽光的溫度，可是，不論這種乞求有多麼強烈，最後仍只能眼睜睜地看著生命變成一種能量，能量變得灰飛菸滅。我們每一個人都用自己的方式對生命保持著敬畏，可是，又有誰能明白生命的存在，只是一種恩賜。

「可是……如果你……」

「沒有可是，也沒有如果，已經成為事實的事情，就不要企圖再去改變它。」

倪羽打斷了我支支吾吾的話，同時，也把我自認為掌控的主動權重新收回手中。

「我知道殺死我妹妹的人是誰，並且，我還可以告訴你，他還活著，就在你身邊。」

「他是誰？」

我無法確定倪羽所說的他到底是「他」還是「她」，我只能寄希望於倪羽說出那個人的名字，那個就活在我身邊的人的名字。

「我不會告訴你。」

「為什麼？」

我的腔調很激動，也很著急。

「因為……」

倪羽突然向我靠近了一步，我也本能地後退了一步。這一步讓我的腰輕輕地碰到了身後的盥洗盆。

「我有一個更加重要的消息要告訴你。」

更加重要的消息？

我不禁讓自己的腰向盥洗盆更靠近了些。

我沒有出聲，等著倪羽把這個「更加重要」的消息告訴我，我能做的，只有做好一切準備。

「這不僅僅是一個消息，也是一個預告，而且，我現在說給你聽，你仍然無法改變事情的結局，我要的，就是欣賞你在那一刻的心情，哈哈哈哈。」

倪羽的臉上又出現了猙獰的笑容。

我明白了，這是倪羽的報復，他剝奪了我彌補的權利，就是為了給我這樣的報復。

突然，一個名字出現在我心裡。

劉小沫！

難道她就是倪羽向我報復的犧牲品？

我剛想用咆哮對抗倪羽時，他的下一句話已經出現在我們之間。

「下一個進入死亡的人。」

倪羽故意停了下來，我知道，他正在欣賞我此時束手無策的表情。

「劉森。」

倪羽說出了這個名字。

與此同時，我鬆了一口氣。

「別急，別急，我還沒說完。」

倪羽昂著下巴，蔑視地看著我。我別無選擇，只能任由他繼續表演。

「單單只是死亡，未免也太無趣了，我要說的是，製造這次死亡的人。」

倪羽向前探著身體，離我更近了。

「就是你。」

我？

他說的是製造死亡的人就是我？

倪羽勝利者般得意的笑聲持續著。

「你到底什麼意思？」

我怯懦了，我的聲音在不規則地抖動。

「最後一句話，死亡的時間，就是現在。」

倪羽的笑聲突然消失了。

倪羽，也突然消失了。

就在此時。

敲門聲，響了起來。

第十二章

一只鬼，
在我的家裡，
和我面對面。

一切都是那麼的如夢如幻。

我身處於一個萬劫不復的深淵，總有一束陽光從懸崖頂端給我一絲希望，然而當我準備伸手去抓住那一點稍縱即逝的溫度時，我就會跌進一個更加深幽、更加冰冷的。

地獄。

一只鬼，在我的家裡，和我面對面。

現在，急促的敲門聲又在不停地催促我。

我不知道，打開房門之後，迎接我的將是什麼。

我的耳邊，只有倪羽消失時給出的預言。

下一個進入死亡的人會是劉森，製造死亡的人，是我，死亡的時間，就是現在。

也就是說，當我一開門，我就會製造劉森的死亡。

敲門聲越來越大，頻率也越來越快。我想控制住自己的身體，儘管我並不在乎劉森的生與死，但是，我不願意作為他死亡的見證者和製造者。

人生就是這樣，很對事情，我並不想去做，但結果卻總是事與願違。我想努力地讓我自己站在原地，等待敲門聲消失。可是，身體卻不知道為什麼，不由自主地回應著預言中死亡的召喚。

我呆滯地走到房門前，沒有立刻打開房門，我認為自己應該是在欣賞，欣賞死亡前最後的平靜。

幾分鐘之後，聲音已經讓我反感，我也做好了見證和製造死亡的準備。

我，打開了房門。

預言，似乎沒有應驗。

或者說，會以我意想不到的方式應驗。

因為，站在門口的人，不是我想像中應該出現的劉森，而是。

杜卓雯！

她顯得很焦急，也很緊張，我可以在她的臉上清楚地看見汗珠，她沒有了比劉森更加嫻熟的溫文爾雅和處亂不驚，她好像變了一個人，她的眼睛裡，有著比臉上汗珠更加明顯的焦慮和不安。

我不確定倪羽的預言將會以什麼樣的方式來實現，但是，對於這個預言，我深信不疑。

我沒有辦法，也不打算去與之抗爭。

一切，都是命中注定。

我。

唯有認命。

「小沫，找到了。」

在我開口之前，杜卓雯搶先告訴了我這個消息。

「找到了？在哪兒？」

這個消息也讓我暫時擱置了倪羽的預言。

「在醫院，劉森已經過去了，我特地趕過來告訴你。」

「醫院？怎麼回事？」

「我也不知道。走吧，先去醫院再說。」

現在擺在我面前的，有兩個選擇。

第一，我和杜卓雯一起趕去醫院，這樣，我可以馬上知道小沫的狀況，確定小沫是否平安無恙。但是，我就會和劉森碰面，極有可能在眾目睽睽之下，完成倪羽的預言。

第二，我留守自己家裡，把小沫交給劉森和杜卓雯，在家裡等待著後續的消息，等待著用其他的方式，在另一個時間完成倪羽的預言。

「愣著幹什麼，快走啊。」

杜卓雯開始催促，我想，我現在的表情一定讓杜卓雯覺得莫名其妙。

我應該做何選擇？

如果預言一定會應驗，那麼，我希望可以快一點。如果一定要我來製造劉森的死亡，那麼，我希望可以在眾目睽睽之下。

也許，當然只是也許，會有人阻止我，會有人挽救劉森的生命，就算沒有這樣的人，就算預言終將實現，至少，也可以有人目睹這一切，讓我，盡快完成本不應該屬於我的贖罪。

我，唯有認命。

「好，我們走吧。」

城市道路，城市的交通工具，城市的車水馬龍。

我和杜卓雯，在沒有任何交流的情況下，抵達了醫院。

我不知道，我的身上是不是沾上了倪羽帶來的，來自地獄的味道。進入醫院之後，我才放心，醫院的消毒水氣味足以掩蓋住我身上那股地獄的氣味。

我從來沒有像現在這樣，喜歡醫院的味道。

走過人流湧動的一樓大廳，轉過一個拐角，穿過一條不長不短的走廊，杜卓雯打開了一扇病房的房門。

劉森、杜卓雯、我，一起呼吸著這間病房裡布滿消毒水的空氣。

小沫，半坐在病床上，頭上纏著繃帶。

如果是往常，現在首先進入我思維的人，一定是劉小沫。我沒有辦法確定，在車上想要把我打暈的人到底是不是眼前這個，或者說這個時間和空間裡的小沫，但是，我仍然會忍不住衝上前去，在第一時間確定她的傷情。

我一定不會有過多的語言和動作，我只需要在最近的距離，用最清楚的畫面告訴自己，她，究竟傷到什麼程度。

但是，現在，首先進入我思維的人，已經不是小沫，而是劉森。

我很難形容現在的心情，我想，這一定是一個前無古人的經歷。現在和我同處一個房間的劉森，是一個即將死在我手上的人，並且，這個消息是由一只鬼當面告訴我的。

這樣的心情和經歷，除非自己親身體會，否則，沒有人能感受到那樣的矛盾、無助和痛苦。

「你來了。」

率先說話的人，是劉森。

這簡單的一句話，讓我陷入了思考，我應該用什麼樣的語氣來回答他？我是不是應該找一個合適的機會把倪羽的預言告訴他？他會相信嗎？其他人會相信嗎？當小沫知道我即將殺死她父親時，她又會做何舉動呢？

沒有答案，我相信這一連串的問題沒有人可以給出答案。

「進來吧。」

看著我沒有反應，劉森又說了一句。

「進去坐吧。」

杜卓雯迎合著劉森，也說了一句。

我走進了房間，選了一個距離小沫最遠的位置坐下。

小沫看上去很虛弱，她看著我，用她獨有的眼神，四目相對，我感覺到她好像有話要跟我說。

「小沫的頭受了傷，醫生已經做了處理，現在沒什麼大礙。」

劉森主動向我解釋了小沫的情況。

我盯著小沫的眼睛，把劉森和杜卓雯全部拋在一邊。

現在的小沫又回到了那個我最熟悉的樣子，她的眼睛很清澈，有水一般的柔軟。她的臉上掛著那個我最熟悉的表情，我知道，在這一刻，我的出現，足以讓她克服一切病痛。

現在的小沫，用了一種只屬於我們兩個人之間的默契，向我傳遞了一個重要的信息。

在那輛暗紅色 Jeep 越野車上，準備攻擊我的人，一定不是她。

對於我來說，這是一個結論，是一個我願意去相信的結論。

可是，這個結論在我心裡出現的時候，我又忍不住問了自己另一個問題。

準備攻擊我的小沫又是誰呢？

「你難道就沒什麼想說的嗎？」

自從進門那一刻開始，我一個字也沒有說過。劉森對我這樣的態度表現出了明顯的不滿。

我轉頭看了一眼劉森，他臉上的表情正天衣無縫地配合著剛剛的語氣。

他的確是很生氣，並且是毫不吝嗇地表現出來了。

或許我應該把對小沫的所有關心全部表現出來，或許我應該更加主動地詢問小沫的傷情。

但是，我現在不可以這樣做。

不管現在的小沫到底是誰，我都不可以這樣做，因為，我很快就會成為她的殺父仇人。

「我沒什麼。」

我仍然只字不發，緩解氣氛的人，還是小沫。

從她的聲音我可以聽得出來，她真的很虛弱。

「爸爸，我想和他單獨待一會兒。」

小沫用自己虛弱的聲音向劉森提出了這個要求。

我安靜地坐在自己的位置上，沒有做任何表態。

「不行，你……」

劉森沒有用掉哪怕一秒鐘的考慮時間就拒絕了小沫，隨後，他突然停止了自己沒有說完的話。

劉森突然衝出口的決絕和欲言又止的後半句話讓我覺得有些奇怪。

他為什麼要拒絕？

他沒說完的後半句話是什麼？

我現在突然反應過來，除了小沫的傷情之外，她受傷的原因才是最重要的。

「就給我們一點時間，好嗎？」

小沫向劉森發出了請求。

「可是……」

劉森繼續著欲言又止，而我，還是沒有做出任何表態，靜靜地看著他們。

除了正在對話的劉森和小沫之外，我還假裝不經意地看了一眼身旁的杜卓雯。

她的表情，和劉森一樣。

我看得出來，她也想拒絕小沫的請求。

「沒什麼可是，就讓我和他單獨待一會兒，就一會兒。」

劉森輕輕地嘆了一口氣，沉默了幾秒鐘之後，只說了一個字。

「好。」

劉森斜著眼睛在我身上仔細地掃了一遍之後，對杜卓雯做了個動作，兩個人就一起離開了小沫的病房。

現在。

只屬於我和小沫。

我沒有反對小沫這樣的要求，我也希望劉森可以暫時脫離出我的視線。我希望在還沒有成為小沫殺父仇人之前，在我還可以享受最後一點自由的時候。

可以有這麼一點點時間。

只屬於我和小沫。

我必須要說話了，因為，我需要知道小沫受傷的原因。

「小沫，你是怎麼……」

我的話還沒說完，小沫溫柔地打斷了我。

「如果現在的我們，可以成為像畫裡那樣的人，你願意嗎？」

畫裡的人？

小沫說的是畫裡的人？

小沫說的是我們可以成為畫裡那樣的人？

小沫看似簡單的一句話，讓我整個人像是被擊碎了一樣。骨骼、肌肉、皮膚、神經、內臟還有那顆至今還在跳動的心。

都被徹底擊碎了。

畫裡的人。

難道不是我們嗎？

我想起了秦曲曾經告訴過我，畫裡的人，為了愛情，殺死了對方。我也想起了倪輕曾經跟我說過，畫裡的人，為了愛情，殺死了所有親人，只剩下那一對為愛情執著的人。

這是愛情嗎？

建立在殺戮之上，建立在泯滅人性之上，建立在可以放棄一切、可以犧牲一切之上的。

那是愛情嗎？

我不知道，不知道那樣的愛情是絕無僅有還是不擇手段。

但是，現在的小沫，竟然問我。

如果讓我們成為畫裡那樣的人。

我願意嗎？

我沒有回答小沫，我希望自己可以給她一個答案，甚至希望這個答案可以讓我摒棄所有，追求我們想追求的東西，但是，我沒有辦法回答她。

「你願意嗎？」

在我沒有給出答案時，小沫追問了一遍。

我沒有回答，我不能給出答案，但是，在這個問題沒有答案的時候，我卻突然間明白了另一件事。

原來，我，早已有了對小沫的。

愛。

這一刻，即使我再想掩飾些什麼，這個字也都清楚地出現在我的心裡。

我忘記了所有，我的腦子一片空白。

我慶幸我得到了這短短的、和小沫單獨相處的機會。畫中的我們，和現在的我們，真的已經融為了一體。

「你怎麼了？」

小沫突然換了一種語氣。

「沒什麼。」

我的聲音發出時，我才感覺到，小沫詢問的，不是為什麼我沒有給出答案。

而是不知道什麼時候，已經從我眼眶裡湧出的淚水。

這淚水就在我臉上，冰涼刺骨，可是，又有多少人能體會到，冰涼，也是一種溫度。

「小沫，我不知道這個問題應該怎麼回答你，換句話說吧，我希望你可以理解我的意思。如果可以選擇，我希望沒有那幅畫。」

是啊，如果可以選擇，我多希望可以沒有那幅畫。

我和小沫，可以像普通人一樣相識，我們之間，也不必承載那麼多的故事。

「嗯，我知道了，我也明白你的意思。」

小沫點了點頭，雖然沒有得到我的答案，可是，從她的表情不難看出，我所說的這句話，應該是她更想聽到的。

小沫的話說完之後，我留下了一點空檔，既為了讓她休息一會兒，也是為了讓自己休息一會兒。

我準備在短暫的休息之後，一定要讓小沫說出，她受傷的原因到底是什麼。

知道了這個答案，也許，我就能知道，在車上準備攻擊我的那個小沫，到底是誰？

幾分鐘的沉默之後，我深吸了一口氣。

「小沫，告訴我，你是怎麼受傷的，可以嗎？」

小沫知道我一定會問這個問題，她也和我一樣，深吸了一口氣。

「從刑警隊出來之後，我追上你，想問問你打算去什麼地方，我能不能陪你一起。」

小沫沒有多做其他的鋪墊，直接開始給我講述那一段經過。

「你說沒什麼地方想去，我就想讓你陪我一起回家，然後，我們就一塊兒在刑警隊門口等車。」

我仔細地聽著小沫的講述，沒想到，對那段經過的描述才剛剛開始，就得到了一個如此意想不到的答案。

「你是說，我們一起在刑警隊門口等車？」

「是啊，我們打算坐出租車一起回家，當然是在刑警隊門口等車了。」

小沫睜著她那雙大眼睛，看著我。我知道，我的問題一定讓她倍感奇怪。

小沫也一定不會想到，我看到的，是她駕駛著那輛屬於倪輕的暗紅色 Jeep 越野車。當然，我知道，我看到的，一定不是真的，因為那是倪輕陳屍的車，現在正被林晉當作證物暫扣著。

「好，你繼續說。」

我繼續仔細地聽著小沫還原當時最真實的情況。

「後來，來了一輛出租車，我們一起上了車，可是，出發沒多久，你說有一個地方想去，就自己下了車，我不放心你，也跟著下了車。你走得好快，我在你後面努力地追你，你的步子越來越快，我也越來越快。結果，一不小心，被一輛拐彎出來的摩托車給撞了。當時我就被撞暈了，也不知道是誰把我送進了醫院，醒過來之後，我看見爸爸打了好多電話給我，我就馬上告訴他，我在醫院。」

小沫講完了這個無比簡單又合情合理的故事。

我相信，這一定就是真實的情況，小沫沒有騙我，林晉更加不會騙我，小沫講出的這個故事，才是最合理的。

「哦，原來是這樣，那你現在的傷怎麼樣了？」

「沒什麼大礙，醫生說我的頭受了點輕傷，其他地方都沒什麼。」

「那就好，還好那輛摩托車……」

我突然停住了。

在這個合理的故事裡，我突然發現了一件極其不合理的事情。

我看著小沫，她頭上的紗布，眼睛裡熟悉的目光，這一切都沒有任何問題，但是，有一件事，非常蹊蹺。

我只是問了小沫受傷的原因，可是，小沫的回答竟然是從我們一走出刑警隊開始的。

為什麼她要從那裡開始講述？

站在小沫的角度，我們走出刑警隊，上了出租車，我下車離開的這一段經過，雖然我完全不知道，可是，小沫是親眼看見的，而最重要的是，小沫根本就不知道我所看到的，還有另一個版本。

那麼，按照正常人的習慣來說，我問的是她為什麼受傷，她就應該只需要回答被摩托車撞倒的這一段時間裡的經過。

可是，小沫為什麼要從刑警隊門口開始說呢？

小沫所說的，是整個事情的經過？

還是一個故事？

我對小沫剛建立起來的信任似乎又有了些動搖。

「你在想什麼呢？」

小沫的語氣還是那麼溫柔，我不禁問自己。

她，真的會騙我嗎？

她騙我的目的又是什麼？如果在那輛暗紅色 Jeep 越野車的人真是小沫，那麼，她完全可以就在當時完成所有她想完成的事情。

如果那輛車上的人不是她，那她就根本沒有必要在現在編織一個謊言來搪塞我。

我心裡很混亂，非常混亂。

「我，我沒想什麼。」

我敷衍著小沫的問題，心裡一直在不停地翻滾。

突然，我想起了一個人。

司徒磊！

沒錯，除了小沫、劉森、杜卓雯之外，還有一個人也知道當時的情境。

這個人，就是司徒磊。

我怎麼會把他給忘記了，這間醫院，也就是司徒磊所在的醫院。

我在這一刻，終於看到了真相的曙光。而且，那曙光離我是那麼的近，我只需要走過幾層樓，再穿過一條走廊，就可以看見那道曙光了。

「小沫，你先休息一會兒，我出去一下。」

「你……你去哪兒？」

我已經迫不及待了，小沫的聲音在身後，我已經衝出了病房。

走過幾層樓，穿過一條走廊，途中一切順利，我沒有遇到任何阻攔，也沒有在不經意間或者是冥冥之中，遇見任何會節外生枝的人或事。

短短不到十分鐘的時間，我已經站在司徒磊的診室門口。

沒有敲門，沒有做禮貌性地試探，我直接推開了房門。

眼前的場景是我如此長的時間以來，第一次遇見，完全符合我的要求和想像。

司徒磊一個人坐在自己的位置上，手裡捧著一本書。

「你怎麼來了？」

我的突然造訪和粗魯地破門而入把司徒磊嚇了一跳。

不過，我的心情卻和司徒磊截然相反。

這是多麼符合情理的反應，這是一句人之常情的對白。沒有一絲一毫的不切實際，這樣的話，這樣的表情，足以讓我確定，我和司徒磊所在的現在，是一個真真切切的現在。

「我找你有事。」

司徒磊放下了手裡的書。

「好，來，進來坐。」

我快步走進房間，坐在司徒磊對面，這是一個每次我來都會坐下的位置。

「什麼事？你說。」

司徒磊應該從我臉上的表情看出我的急迫，也沒有多做寒暄，直接看門見山了。

「我想問問你，我是怎麼到你這兒來的？」

「你推開房門，然後走過來的呀。」

我去頭去尾的問題讓司徒磊以為我只是和他開了一個玩笑。

「不是，我問的是……」

我不知道應該怎麼去確定那個時間，應該是昨天？還是今天？我的話，只能停在這裡。

「哦，你問的是和小沫，劉教授還有杜教授一起來的那次，然後又跟他們一起走了的那次嗎？」

司徒磊準確地理解了我的問題，不過，我注意到，他也避開了時間。

站在司徒磊的角度，他口中的「那次」應該就是今天，他明明可以準確地說出這個時間節點，可是，他為什麼用了這麼含糊不清的方式表達我所說的「那次」呢？

是刻意為之還是隨口一說？

我不打算過早地做出判斷。

我決定順著司徒磊的話繼續往下說。

「沒錯，就是那次。」

「哦，那次。」

司徒磊的腔調突然變得讓人很難拿捏，他故意把這句話說得好像話中有話，我不知道他想表達的是什麼，我隱約地感覺到，他沒有說出準確的時間定語，應該是刻意為之。

「對，就是那次。」

我沒有把心裡的疑慮表現出來，只是再次向司徒磊肯定我們所說的事情，是同一件。

司徒磊沒有繼續說下去，而是眼神不停地在我身上來回遊走。他的眼神讓我想起了林晉，只不過，刑警和醫生的職業習慣所展現出來的內容，還是大相徑庭的。

司徒磊的沉默持續了好一會兒，我沒有打斷他，直到他主動停止了眼神的審查。

「其實，我曾經做出過一個承諾。」

司徒磊突然轉換了一個話題。

「什麼承諾？」

「這個承諾包括了兩個部分，其中一個，就是不告訴你承諾的內容。」

司徒磊突然開闢出的新話題讓我在這一個瞬間突然明白。

原來，司徒磊知道的事情，遠遠比我想像中的要多得多。

我可以猜測出來，他承諾的對象是誰，只是，他承諾的內容，我就無從知曉了。

「是向劉森的承諾嗎？」

我本打算說出劉森、杜卓雯和小沫三個人的名字，但是，脫口而出的，只有劉森一人的名字。

聽完我的推測，司徒磊笑了。

他低著頭，笑得很悲涼。

這是我第一次看見司徒磊的臉上出現如此複雜的表情，他就像一個演員，用自己的理解，詮釋著劇本中不被文字所表達的部分。

他的笑讓我恍惚了，到底是被我一語中的，還是牽引出了埋藏在他心裡的其他因素？

我不得而知，但是，我可以確定，只是因為我這簡單的一句話，已經讓司徒磊的心情變得比剛剛複雜了千萬倍。

司徒磊的笑聲還在繼續。

聲音非常低，就像懼怕被別人發現一樣，笑聲中傳遞的悲涼卻難以隱藏。

我沒有打斷他，認真地看著他的笑容，體會著他的悲涼。

慢慢地，司徒磊停止了笑聲，不過，透過表情流露出的悲涼卻絲毫沒有減少。

「不，不是劉森。」

我可以確定，司徒磊的回答不是假話。

「那是誰？小沫？還是杜卓雯？」

我把可能的兩個名字一起拋給司徒磊。

「都不是。」

「那是誰？」

司徒磊的回答讓我感到萬分詫異，在我和他之間，難道還有第四人的存在？

司徒磊摸了摸自己的臉，這是他的習慣動作，我知道，現在，他正在思考。

「把向誰給出的承諾告訴你，好像沒有違反承諾的內容。」

司徒磊對我說了一句這樣的話，但是，這句話更多的，應該是說給他自己聽。

「當然。」

我適時地給出了一個肯定。

「好，我告訴你，不是劉教授，不是小沫，也不是杜教授，而是我。這個承諾，我是向我自己做的。」

司徒磊給出了答案。

但是，這個答案卻是在所有備選答案之外的。

「你？」

「是，我。」

我完全沒有理解司徒磊想要表達的到底是什麼。

一時之間，我也不知道下一句該說些什麼。

正當氣氛變得尷尬，我不知道應該怎麼把這個話題繼續下去時，我的視線，下意識地落在了進門時，司徒磊手上的那本書上。

那本書很奇怪，讓我不得不暫時丟下司徒磊，把注意力轉移到那本書上。

準確地說，那不是一本書，應該是一個筆記本，並且被精心包裹起來。

在書的封皮上，手寫著三個字。

我看清楚了這三個字，這三個字，讓我立刻有些頭皮發麻。

手寫的這三個字是。

悖時間！

這是我第一次從文字上看到這三個字，在這之前，向我提起過這三個字的人，就是杜卓雯。

為什麼司徒磊會有一本被精心包裹、並且寫著這三個字的筆記本？這筆記本的主人是誰？杜卓雯還是司徒磊？他們之間又存在著怎樣千絲萬縷的聯繫？

我開始後悔，後悔把司徒磊當成我找到真相的鑰匙。

也許，這個筆記本，還有司徒磊對他自己的承諾，就是擋在我和真相之間的另一道屏障。

我目光聚焦的地方，引起了司徒磊的注意。

「那是什麼？」

我改變了對司徒磊的態度，冷漠地質問他。

「既然你看見了，我也沒有必要隱瞞什麼。」

司徒磊一邊說著一邊把筆記本遞給了我。

「裡面的字都是我寫的，你自己看吧。」

從司徒磊手裡接過筆記本，我沒有馬上打開。我看著司徒磊的眼睛，分析著他向我坦白的目的。

他的眼神很坦然，讓我覺得很安全。

我做了一個深呼吸，慢慢地翻開了這個筆記本。

內容比我想像中要少得多，看上去厚厚的一個本子，打開之後，只有短短的幾行字，往後，就全是空白，這幾行字的內容是。

「如果把時間看成是一條不斷延伸的線，每一個人都會把正在前進的時間認定為正確的時間方向，如果反過來想，在直線的另一端，也會有一條同時延伸的時間線。」

我記得，這是杜卓雯第一次向我解釋悖時間的定義時說的話，內容大致相同，卻不是照搬複製。

「這是什麼意思？」

原以為我會看到很多內容，原以為我會被這個筆記本裡的文字刺激每一條神經，但是，我看到的只是這樣簡單的幾行字而已。

司徒磊從我手裡拿回了筆記本，小心翼翼地放進抽屜。

「我相信杜教授所說的悖時間，我想更多地瞭解這個全新的科學領域，只是，我沒有那麼多的機會可以向杜教授請教，可以聽她詳細地告訴我這個足以載入人類史冊的領域裡，到底蘊藏了些什麼。所以，只能把她說給我聽的這一點點內容記錄下來。」

司徒磊用最簡短的話解釋清楚了這個筆記本存在的意義。

但是，另一個問題在我心裡萌生出來。

「杜卓雯什麼時候告訴了你這些？」

「就是那次。」

我明白了，我明白了所有的一切，我也明白了司徒磊為什麼會刻意規避掉原本非常清楚的時間節點。

原因，就是在那短短的時間內，杜卓雯成功地對司徒磊進行了洗腦。

用她那所謂的全新科學領域，足以載入人類史冊的科學建樹，把這個醫生的思維，給徹底改變了。

可是，那短短的時間又是從什麼地方拼湊出來的呢？杜卓雯又為什麼要把悖時間這個概念灌輸給司徒磊呢？她又是用什麼方法，完成了對司徒磊的洗腦呢？

我可以確定，司徒磊已經不可能再向我提供任何信息了。

「好，如果有機會，我幫你向杜卓雯說，讓她抽時間給你仔細說說她的悖時間。」

「好，謝謝。」

司徒磊並不興奮，相反，他很平靜，但是，我仍然可以看到他眼睛裡的喜悅之情。

「等她給你講清楚了你想知道的東西，我想，你可以把你的承諾告訴我，畢竟，那是一個關於我的承諾。」

我很想知道司徒磊到底向他自己承諾了什麼，我的要求提出後，司徒磊簡單地思考了一下，對我說。

「好，如果我能聽杜教授說清楚什麼是悖時間，那個承諾也就沒有了意義，到時候，我也就可以告訴你了。」

聽完司徒磊的話，我咬著牙在心裡說了另一句話。

杜卓雯，你的誅心之術，總有一天我會原樣還給你！

「好，那我走了。」

我的離開和我的到來一樣，迅速而毫無意義。

各種各樣的畫面湧進我的腦海，殺死劉森的預言還沒開始，我的命運也不知道在什麼時候就會走向終點，我的腦子很亂，但是，我的心情卻出奇的平靜。

我想，這就是心灰意冷的感覺吧。

我像遊魂一樣穿過走廊，又走過幾層樓，在不知不覺中，回到了小沫的病房門口。

我的眼神一定很呆滯，就像我已經麻木的大腦一樣。我不知道我的人生走向了什麼方向，我不知道在我身邊死去的人，究竟是為什麼來到這個世界，我不知道在我生命結束前的最後一刻，我會看見些什麼，我不知道人生中的最後一句話，我會向誰說。

我慢慢地推開小沫病房的門，在心裡籌劃著進門第一句話應該說些什麼。

房門打開了。

但是。

房間裡，竟然是。

空無一人！

第十三章

地獄裡，也有時間嗎？

我獨自一人站在門口，看著空曠的房間，空曠的病床。

所有的一切都是空的，空的就像從來沒有人來過一樣。空氣中沒有一絲生命的味道，甚至連醫院的消毒水味道都已經揮發殆盡了。

我沒有走進這間病房，我懷疑是不是自己走錯了房間，可是，如果這樣的假設只是一個自我安慰的話，那的確是一個非常好的理由，不過，事實上，這樣的自我安慰，是非常可笑的。

小沫去了哪裡？

或許，我更應該問。

小沫真的來過嗎？

我站在門口，像是一個剛剛完成了表演回到後臺的小醜，所有的掌聲和笑聲褪盡，剩下的，只有孤獨。

我不知道現在自己應該干些什麼？

去尋找小沫的蹤跡？去分析小沫再次失蹤的原因？去幻想小沫現在的處境和可能面對的危險？還是去執行命中注定的安排，完成倪羽的預言？

我的選擇有很多，但是，我無從選擇。

「他們。」

我的身後突然有了一個聲音。

「已經回去了。」

我用最短的時間，最快的速度轉過身，看見了這個聲音的出處。

杜卓雯！

她微笑著看著我，對我說了剛剛那句話。

這個笑容，我只能用詭異來形容。

這個詭異的笑容，讓我忍不住後退了兩步，和她拉開了距離。

「他們已經回去了？」

「是，小沫的傷沒什麼大礙，她不喜歡醫院的味道，所以，劉森就陪她先回去了，我留下來，就是為了等你。」

杜卓雯的描述合情合理，沒有絲毫的漏洞。

「等我。」

我冷笑了一下。

「等我幹什麼？」

「怕你回來了看不見人，又到處去找啊，還能幹什麼？」

杜卓雯說得很隨意，從她的語氣中我可以聽出，說這番話的時候，她的心態很放鬆，沒有防備，也沒有攻擊欲。

可是，她臉上詭異的笑容卻沒有辦法讓我放鬆下來。

「好，你的目的達到了，可以走了。」

我的話中有怯弱，有一絲絲恐懼，我說不清楚這些情緒是從何而來，可能是杜卓雯臉上詭異的笑，可能是她對所有事情獨具風格的掌控力，也可能是我心裡一直還沒有抹去的，也是永遠不能抹去的防備。

我只希望杜卓雯可以盡快從我的身邊離開，離我越遠越好，這樣，至少可以讓我心裡覺得踏實一點。

「不急，不急。」

杜卓雯沒有給我想要的回答，不過，這樣的對話，也是在我意料之中的。我絕對不會相信，杜卓雯的只身留下，只是為了給我傳一個口信。

「好，不急，不急。」

我知道，現在即便是說再多的話，也無濟於事。

杜卓雯，一定有了她下一步即將要完成的計劃。

「對於小沫，你還是很關心的。」

「是。因為她也同樣關心我。」

沒有隱藏，我說出了心裡最直接的答案。

「你知道嗎？為了小沫，為了她可以繼續好好地活下去，我和劉森，可以做任何事，是任何事。」

「我知道，我也相信。」

杜卓雯所說的，我沒有半點懷疑，從某種意義上說，她和劉森存在於這個世界的意義，就是為了可以讓小沫繼續好好地活下去。所以，在杜卓雯強調的那句「任何事」，我是堅信不疑的。

「可是，有一件事你一定不知道。」

「什麼事？」

「我們想讓小沫好好地活下去，而小沫想的，是怎麼樣讓你好好地活下去，這一點，比她自己的生命還要重要。」

我點了點頭，沒有說話。

杜卓雯所說的，我曾經懷疑過，也可以說一直都在懷疑，我分不清楚幾次想要置我於死地的人，到底是不是小沫，我也分不清楚幾次把我從死亡邊緣拽回來的人，到底是不是小沫。

我可以確定的只有一點，就是杜卓雯所說的話，我是願意相信，並且，也希望那是真實的。

「我們出去走走吧，醫院的病房，也不是什麼好地方。」

杜卓雯突然話鋒一轉，與此同時，她還收起了臉上那一抹讓我不自在的笑容。頃刻間，她的臉上沒了詭異，剩下了惆悵。

杜卓雯說完，轉身邁開了步子。

我不知道她心裡裝著怎樣的計劃，她的背影好像有一股力量，這股力量拉扯著我，無法抗拒，讓我不得不緊緊地跟在她身後。

杜卓雯的步子很慢，似乎是怕我跟不上。

我一直保持著在她身後跟隨的態勢，她的步伐很慢，我也很慢，像是一種僵持，也像是一種尊重。

我用和杜卓雯同樣的速度跟著她，我們之間的距離維持著一個固定值。

我們兩個人，用這樣怪異的位置關係，在醫院的人來人往中，倔強地移動著。

我不能說現在的感覺有多麼糟糕，這一幕，宛若一幅畫，一幅動如脫兔，卻用靜如處子的方式表現著人性最深處那一點無奈的畫。我跟著她，被禁錮著、被引領著、被一條軌跡牽絆著，我們在人群中無聲無息地移動，我們用最低調的方式隱藏著自己，而這種隱藏，是一種最高調的炫耀，炫耀著我們的與眾不同。

穿過人流，杜卓雯沒有離開醫院，甚至沒有離開這幢大樓。我原以為，她會帶著我走向另一個環境，對於她來說，也許，那意味著另一個世界。

可是，她沒有那樣做。

杜卓雯用自己穩穩的步伐，帶著我，朝一個相反的方向走去。

那是這幢大樓的最深處，也是這幢大樓的最高處。

我們不停地上著樓梯。我開始有些質疑，她想帶我去什麼地方？按照現在的方向，終點，只有可能是這幢大樓的天臺。

我們仍保持著靜默，保持著固定的距離，保持著不變的速度。

直到……

直到終點出現在我眼前。

我也印證了我的推斷。

我和杜卓雯。

孤獨地站在天臺上。

「為什麼來這兒?」

我甚至想到了，很可能不久之後，我就會從這裡跌落，用和倪羽相同的方式結束掉一生。當然，幫助我完成這件事的人，一定是杜卓雯。

杜卓雯沒有理會我的話，一個人朝天臺的邊緣走去。

我並不懼怕很有可能發生的事情，也不懼怕隨時可能出現的殺身之禍。與其說不懼怕，不如說抱有期望更貼切。

我希望杜卓雯帶我來這裡的想法和我想像中的一樣。

這樣，至少在我活著的時候，沒有成為小沫的殺父仇人。

杜卓雯已經慢慢走到了天臺的邊緣，一路上，她都沒有回頭看過我一眼，好像並不在乎我是否跟過去。

「我在問你，為什麼帶我來這兒?」

我提高了聲音，因為，杜卓雯已經離我有些距離了。

杜卓雯還是沒有理會我，她眺望著遠方，眼睛裡含著笑，輕風拂過，她好像年輕了很多。

她的眼睛，不知道望著什麼地方，或許，滿眼望去，都是自己年輕時的模樣吧。

既然已經不懼怕死亡，那麼，我又何必站在原地呢?

我走到杜卓雯身邊，和她一樣，眺望著遠方。

這一刻，我才明白為什麼杜卓雯要帶我來這個地方。

在已經被鋼筋混凝土侵占的城市中心，竟然還有這樣一方淨土。四周沒有遮攔，一眼望去，天邊就在眼前。

「所有人都在下面埋頭體會著人生疾苦，又有誰會想到，就在他們頭頂，就能看到人世間的美好。」

「是啊，你說的沒錯。」

杜卓雯的話的確沒錯，不光是人世間，天堂地獄亦是如此。地獄的底層收羅著狰獰的靈魂，就在與他們遙相對望的天堂，卻是另一番境地。

「活著真好。」

杜卓雯突然說出了這樣一句話，如果不是親耳聽見，我萬萬不會相信，這句話竟是出自杜卓雯之口。

「我並不這樣認為。活著，對我來說，是一種負擔。」

我的話非常不適合這樣一個美好的場景，不過，我說的，是一句真真切切發自肺腑的話。

「杜卓雯，你到底打算幹什麼？」

「為什麼你總是認為每個人都在害你呢？為什麼你不想想，你身邊的每一個人，都希望你能好好地享受在人世間的每一天。」

活著，對於我來說，就不是一種享受。

今天的杜卓雯讓我覺得非常陌生，她丟掉了原本屬於她的所有氣質。她顯得很軟弱，這是一種符合女性但是不符合她這個年齡的軟弱。更加值得一提的是，這個人，是杜卓雯。在我看來，杜卓雯就沒有軟弱的權利。

「好了，不要再跟我討論這些沒有意義的話題了，你到底想幹什麼，就直截了當地開始吧。」

我失去了耐心，對杜卓雯也沒有繼續保持剛剛的態度。

杜卓雯看著遠方，依依不舍，隨後，長長地做了一個深呼吸，扭頭看著我。

她的眼睛裡，沒有了剛剛的軟弱，沒有了剛剛的感性。

一瞬間，她又變成了杜卓雯。

「好，那我們開始吧。」

她終於露出了本來屬於她的面目。

沉著、優雅，掌控一切。

只是，我不知道她所謂的「開始吧」到底指的是什麼。

「那就開始吧。」

對於未知的事情，我已經失去了去猜測的興趣。

杜卓雯對我類似放棄和不屑的態度沒有太多的回應，她好像已經司空見慣，對於我來說，杜卓雯從來就不是一個能夠讓我給予一點點信任或者認可的人，對於這一點，她一直都心知肚明。

但是，儘管我並不相信她所謂的悖時間理論，儘管我沒有像司徒磊一樣成為她的擁躉，我仍然不可以否認她在學術界的地位。

「這樣和你單獨相處的時間，對於我來說，是難能可貴的，也是在我的極力安排下，才促成的。」

杜卓雯的開場白說得很清楚，小沫和劉森的先行離開，她的獨自留下並不是一件簡單的事，而是她的安排。

我沒有詫異，對於這一點，我可以想到。

我沒有接她的話，做好了一切準備，等待著她的「開始」。

「我想要得到的這個機會，原因只有一個，那就是，我需要這個時間，把一些你一直想知道的真相，原原本本地告訴你。」

如果經歷的事情再少一些，遇見的無法解釋的謎團也可以再少一些，我想，杜卓雯的話應該會讓我很激動。但是，現在的我，已經對這些話無動於衷了。

我仍然沒有說話，等待著杜卓雯打算告訴我的，屬於她這個版本的真相。

「發生的所有事情，死去的所有人，都應該從那幅畫開始。」

說到這，杜卓雯做了一個短暫的停頓。

「不對，應該從那幅畫裡的詛咒開始。」

杜卓雯修改了自己的表達方式，她摒棄了話語中的僞裝，用最直接的詞語表達著最想表達的內容。

簡單的幾句話之後，我的感受有了些許的變化。

杜卓雯想告訴我的，也許真的是真相，至少是她知道的真相。

「你的意思是，那幅畫裡詛咒是真的？這話可不像是從一個科學家嘴裡說出來的。」

從一開始我就知道，所有人對那幅畫裡詛咒都深信不疑，杜卓雯也曾說過。在經歷這麼多事情之後，我卻覺得這個說法有些可笑了。

「詛咒本就是從一個時間複製到另一個時間裡的預言，既然時間有正有反，預言當然也會有變成現實的時候。」

「好，請繼續。」

我沒有再多做糾纏，我不想把話題引向其他節外生枝的地方，我要杜卓雯從現在開始，每一句話都傳遞出一個有效的信息。

「首先，我要向你明確一件事情，不論你相信還是不相信，我只能說，我告訴你的，都是事實。」

杜卓雯換了一個站姿，正面對著我：

「畫中的男女，不是活在百年之前的人，他們不僅僅有著跟你和小沫一樣的模樣，事實上，他們就是你們。」

杜卓雯著重說了最後六個字：

「他們就是你們！」

而這六個字，我完全無法理解。

「什麼叫他們就是我們？你這話什麼意思？」

杜卓雯微微笑了一下。

「我想說的，不是什麼前世今生的問題，也不是什麼轉世投胎的鬼話。他們就是你們，對這句話最正確的理解應該是，兩組不同的平衡能量，存在於不同的平衡時間。」

「平衡能量？平衡時間？我聽不懂。」

杜卓雯的話越來越深奧。

「所謂的平衡能量，指的是在一個或者幾個空間內，都可以保持存在，根據不同的空間，都可以相對穩定的一種能量，而平衡時間是針對這種能量存在的。通常，時間是能量和空間的載體，但是，一旦這種平衡被打破，就會出現兩種狀況。其一，能量發生改變，其二，時間發生改變。」

杜卓雯侃侃道來了一番解釋，我仍然是一個字也聽不懂。

我的表情也把我的迷惘準確無誤地傳遞給了杜卓雯。

「這種改變，在你和小沫身上都已經發生了。也就是說，畫中的人，這種平衡能量，本來可以只在那個相對平衡的時間裡存在，但是，一個契機，讓這種平衡被打破了，也就造成了時間的改變。簡單地說，你和小沫這兩股能量，本來就不該存在於這個時間裡。」

杜卓雯繼續長篇大論地說著她的解釋，在這一段話中，我只聽懂了一個關鍵點。

那就是。

我和小沫，本來就不該存在於這個時間裡。

這句話的出現，似乎讓我明白了很多事情，也模糊地解釋了很多事情，但是，我仍然無法準確地理解杜卓雯所說的話。

「我聽不懂你說的是什麼，我們不該存在於這個時間？按照你的意思，我們應該存在於百年之前？這個說法太荒謬了，簡直是無稽之談。既然不該存在，那我們又是怎麼出現在這個時間裡？我又是怎麼站在你面前，聽你的這段謬論呢？」

我的話，可以說是毫不客氣，杜卓雯一定沒有經歷過這樣的質疑，我相信，這一段話，如果是在她的學生和擁護者面前說出，一定會引來無數的崇仰目光。

「除了你和小沫之外，還有一個人，也打破了這種能量的平衡，存在於不該存在的時間裡。」

杜卓雯的表情突然變得驕傲起來。

我知道，她的心裡，已經有一個足以說服我的名字。

這個名字是什麼？

倪輕？秦曲？還是一個即將出現的名字？

我不得而知，我能看出來的，只有杜卓雯臉上那驕傲的神情。

「誰？」

我用幾乎只有自己能聽見的聲音問出了這個字，這個字是在我極力的控制下脫口而出的。我不想問出這個問題，因為，問這個問題也證明了我被杜卓雯的話吸引了。

杜卓雯沒有馬上回答我，她慢慢移動著步子，以我為中心，一點一點地旋轉，直到走完了一個三百六十度的圓圈。

最後，她停在了我身體的一側，最靠近我耳朵的地方。

杜卓雯慢慢地朝我的耳朵湊近，好像生怕接下來的話被別人聽見，儘管這個天臺上，只有我和她兩個人。

經過一番極其緩慢並且細微的運動之後，杜卓雯找到了一個最佳的位置，一個確定只有我一個人可以聽見她聲音的位置。

然後，她在我的耳邊，幽幽地說了兩個字。

「倪羽。」

杜卓雯的聲音很小，小得經不起一陣風的干擾。

但是，這兩字卻有著千鈞之力。

隨著這兩個字進入我的耳朵，我感覺到了萬箭穿心的疼痛。

倪羽！

這兩個絕對不可能從杜卓雯口中說出的字，在此時此刻，被杜卓雯的語氣和腔調，演繹得極致完美。

她的聲音，成了這個名字出場時應該配備的聲勢和效果。

我也毫無懸念地被這兩個字，撼動了身體。

我朝身體另一側打了個趔趄，幾乎站不住。

「你怎麼知道這個名字，你從哪裡聽說這個名字的？」

杜卓雯看著我，臉上詭異的笑容又重新浮現。

「你不是說倪輕是孤兒嗎？你不是說她沒有任何親人嗎？你怎麼知道這個名字的？告訴我，你怎麼知道這個名字的？」

我幾近咆哮地向杜卓雯嘶吼著，在這個只有兩個人的天臺，我的聲音已經充滿了全部的空間。

「現在你應該知道什麼叫平衡能量，什麼叫平衡時間了吧。」

沒錯，我明白了，徹底地明白了。

倪羽就是一種能量，一種打破了平衡的能量，一種縱橫於人間和地獄的能量。

他衝破了所有束縛，享受著空前絕後的自由，同時，也體會著空前絕後的孤獨。

可是，時間呢？

倪羽的存在是不可以用時間來解釋的。

難道。

地獄裡。

也有時間？

又有誰，可以度量地獄的時間？

杜卓雯詭異地笑著。

我知道，我又一次，陷入了她製造的泥沼。

足以吞噬我的泥沼。

「你為什麼會知道這個名字？告訴我，為什麼？」

我繼續向杜卓雯咆哮，繼續等待著她為我揭曉謎底。

我的咆哮不是一種威脅，是一種極端的恐懼，我把這種恐懼用最大的音量釋放出來，與此同時，我也在用咆哮向杜卓雯表達著乞求，乞求她給我一個答案。

「哈哈哈。」

杜卓雯詭異的笑已經從表情演化為聲音。

「我這一生只專注兩件事，第一，讓小沫可以活下去，第二，把我的衣缽傳承下去。所以，我有兩個非常出色的學生。」

杜卓雯收起了笑聲。

「他們兩個分別是……」

杜卓雯的眼睛裡出現了仇恨，讓我的恐懼急遽增加的仇恨。

「倪輕和秦曲。」

「什麼！」

這兩個名字從杜卓雯口中說出時，我已經有些踉踉蹌蹌，差點癱倒在地上。

原來，每一個人的出現都是這場迷局的開始，也都是這場迷局不可或缺的組成部分。

我陷入的是一個比我想像中還要龐大，還要深邃的泥沼，它包羅萬象，卻沒有一條生路，沒有一個出口。

「你……你什麼……你什麼意思？」

我努力地想用最清楚的口齒說完這句話，結果，我沒有做到。

「我的意思是……」

杜卓雯一步一步地向我逼近，我一步一地向後退避。

「你可以繼續活下去的唯一理由，就是要幫助小沫活下去……」

杜卓雯還在向我逼近，我還在向後退避。

「但是，你正在褻瀆這樣的權利，濫用這樣的權利，你把我最親近的人，最好的學生，最有天賦，最有機會可以繼承我衣鉢的人……」

我停住了，身後已經有了阻礙，那是天臺的欄杆。

「應該是兩個人，都推向了死亡。」

「不是我，不是我干的。」

我已經無路可退，只能大聲地朝著杜卓雯叫喊，借此來為自己增加一點勇氣。

「你害怕嗎？」

杜卓雯沒有繼續向我逼近，轉而開始了對我的嘲笑。

「你很害怕，真的很害怕。」

杜卓雯的嘲笑擊潰了我最後一點勇氣。

我蹲在地上，身後是開闊的天空，天空下面，就是人間疾苦。

我的崩潰沒有讓杜卓雯停止下來，她仍然繼續咄咄逼人。

「站起來，站起來看著我。」

杜卓雯向我發出了帶著戲謔和嘲笑的命令。

我沒有力氣，也沒有勇氣站起來看著她。

突然，我感覺到從身體的外部出現了一股力量。這股力量拉著我，不得不站起來。

我的目光被杜卓雯牢牢地抓住，她的眼神占據了我全部的視線。

「詛咒，沒有跨越時間，它一直跟隨著你，從來沒有離開過。你的每一分，每一秒，都是宿命。」

杜卓雯抓著我的衣領，對我一字一頓地說了這句話。

此刻的杜卓雯，就像一個惡魔，不對，不是像一個惡魔，她就是一個惡魔。

此刻的我，再一次深刻地體會到了一種感覺。

生不如死。

「你知道嗎？」

杜卓雯把我拉扯得離她更近了。

「活著是一種考驗，死亡是一種解脫。我不會讓你解脫，我會讓你清清楚楚地感覺到每一次生命給你的考驗，這種考驗會讓你疼，徹骨的疼，疼到全身麻木，疼到萬箭穿心。」

「你究竟想幹什麼？」

我被杜卓雯徹底擊垮了。

我沒有心思再去想什麼事情的真相，沒有心思再去妄圖找到隱藏在我身邊的凶手。我什麼都做不了，我只盼望時間可以快一點，再快一點，讓現在的局面可以早一點結束。

杜卓雯終於鬆開了我，讓我的身體恢復了自由。

真是滑稽的一幕，我被一個中年女性抓住衣領，身體被她那股力量和無法掙脫的眼神囚禁，直到她主動撤退我才可以獲得自由。

「我不是說過嗎？我要告訴你真相。」

杜卓雯的態度忽然發生了改變，在短短的一秒鐘之內，她判若兩人。

我不確定杜卓雯是否還是一個精神正常的人，從主觀上講，我已覺得她不算一個正常人，否則，怎麼可以在轉瞬之間就做到如此大的態度轉換。

可是，我又正常嗎？

我經歷的事情又正常嗎？

答案，只有天知道。

「我要走了。」

好不容易得來的自由之軀，我必須要好好利用。

對於杜卓雯口中所說的真相，我已經沒用勇氣再聽下去，不論我是否相信，我現在都沒有能力再聽下去。

我轉身迅速朝我們來的方向走過去，杜卓雯沒有用肢體阻止我。

但是，在我即將走到門口、逃出生天時，杜卓雯在我身後說出了一句話。

「倪羽的預言，你會去實現嗎？」

我的腳被釘在了原地。

這句話從我的身後傳進我的耳朵。

我可以清晰地分辨出，發出這句話的聲音，千真萬確是杜卓雯的。

我的全身都在顫抖。

我慢慢地轉過身。

杜卓雯仍然站在她剛剛所在的位置。

看著我。

我的恐懼已經達到了極致，從來沒有達到過的極致。

我拖著自己不停顫抖的身體，一步一步地挪向杜卓雯。

顫抖的雙手，顫抖的雙腳。

我……

好像已經說不出話來了。

我只能機械地挪動著身體，看著杜卓雯的影像在眼睛裡逐漸變大，她的臉也越來越清楚。

短短的距離，離開時，我只用了幾秒鐘的時間。

挪動回去，我卻經歷了無比漫長的過程。

終於，我挪到了杜卓雯的面前。

「你剛剛說什麼？」

「我說，倪羽的預言，你會去實現嗎？」

「什麼預言？」

我抱著最後一絲僥幸心理，雖然我知道可能性微乎其微，也可以說，根本就沒有可能性。

但是，我依然想試一試。

我想聽到杜卓雯說出一句我從來沒有聽過的話，哪怕那是另一個更加恐怖的預言，哪怕那會讓我產生新的恐懼。

我也在所不惜。

杜卓雯看著我，用細若遊絲的聲音在我耳邊說。

「見證和製造劉森的死亡。」

事與願違，杜卓雯終究還是說出了這句話。

「你……你怎麼會知道？」

其實，不論杜卓雯給出什麼樣的理由，對於我來說，都已經沒有了意義。

「你會去實現嗎？」

杜卓雯第三次向我提問，我知道，她一定非常想知道我的答案。

如果說這世間有一種愛可以超越生死，那麼，我很幸運。我親身見證了這種愛，同時，我也親眼看見了這種愛。

我見證的，是小沫和我。

我看見的，是杜卓雯和劉森。

我可以確定，在我給出答案之後，杜卓雯一定會不惜一切代價，去拯救劉森的性命。

只是，我不知道杜卓雯會用什麼樣方法。

我想，也許只有一種方法。

那就是……

殺了我。

「會。」

做好了一切準備，我給了杜卓雯這個最準確、最不可能產生歧義的答案。

在我回答之前，杜卓雯的臉上沒有期待，在我回答之後，她的臉上也沒有失望。

我的回答，早在杜卓雯的意料之中。

「為什麼？」

幾秒鐘之後，杜卓雯又提出了一個問題。

「我只能認命。」

一定不會再有別的答案可以讓杜卓雯理解清楚我心裡想的是什麼。

杜卓雯點了點頭。

「好。」

我沒有再繼續追問杜卓雯怎麼會知道倪羽的預言，我也強迫自己不再去思考這個問題。

我突然覺得，所有的一切好像都失去了價值。

我的身體不再顫抖，發麻的手腳也慢慢感覺到了血液的迴歸。

我站在原地，杜卓雯也站在原地。

我們都在等，等待著下一秒即將發生的事情。

時間在凝固的氣氛中慢慢度過，不知道過了多久，杜卓雯說話了。

「怕死嗎？」

三個字，蘊含著豐富的人生哲理的三個字。

我笑了，五味雜陳地笑了。

怕死嗎？

對於我來說，這真是一個可笑的問題。

「活著是考驗，死亡是解脫。」

我用杜卓雯的話回答了她。

與此同時，我也知道，杜卓雯即將動手。

我回想起了很多人。

秦曲、倪輕、倪羽和劉森。

劉小沫。

畫中不知名的男女。

不，他們有名字。

畫中的新娘名叫。

劉小沫。

畫中的新郎名叫。

王梓屹。

杜卓雯說的沒錯，畫中人，就是我和小沫。

我終於明白了杜卓雯為什麼把我帶上天臺。

「知道改變預言的唯一方式是什麼嗎？」

杜卓雯一邊說著，一邊調整著和我的位置關係。

她面對我，我背對天臺欄杆。

「讓執行預言的人消失。」

我閉上了眼睛，等待著杜卓雯伸出雙手，把我推下天臺。

我不想再看世界最後一眼，我也不想和這個時間做最後的告別。有人說，人生最痛苦的事情，就是來不及做一次認真的告別。在我生命的最後一秒，我，主動放棄了這個權利。

我靜靜地等著，等著杜卓雯的雙手讓我失去平衡。

最終，獲得和倪羽一樣的死法。

我等著，等著……

閉上眼睛，就可以讓黑暗統治世界。

我在黑暗中，等著離開世界。

黑暗是漫長的，等待也是漫長的。

我可以感覺到杜卓雯的呼吸，她就在我面前，離我很近。但是，她卻遲遲沒有動手。

她在等什麼？

「改變預言的方式，並不是讓執行者消失。」

杜卓雯說話了。

我睜開了眼睛，光明驅趕黑暗，奪回了世界。

「那是什麼？」

杜卓雯移動了身體，改變了和我的位置關係。

她選擇了一個公平的位置，我的身後不再是天臺欄杆，我們都相對安全了。

「改變預言的最好方式，就是……」

杜卓雯的眼眶突然紅了。她控制了一下自己的情緒，接著說。

「讓執行者完成一個錯誤的預言。」

「什麼意思？」

完成一個錯誤的預言？

沒有人能聽懂杜卓雯的話。

「意思就是……」

杜卓雯一邊說著一邊向我靠近。

她把自己的身體移到了天臺的外側，而我，反而到了天臺的裡面。

「記住，人生的最後時刻，總是最美好的。」

杜卓雯說完這句話之後，突然伸出了兩只手，用力地推向我。她的力氣很大，超乎了我的想像。在這巨大的力量作用下，我和杜卓雯被分割開，朝著兩個不同的方向劇烈運動。

我，退向了天臺的出口方向。

我的身體，也給了杜卓雯一個反作用力。

她對我的力氣有多大，我給她的力量也就有多大。

杜卓雯的臉離我越來越遠。

我看見。

我看見了一幕。

我看見了一幕熟悉的畫面。

杜卓雯。

在我身體的作用力下。

墜樓了！

「讓執行者完成一個錯誤的預言。」

我的耳邊響起了杜卓雯的話。

但是，我的視線裡，已經沒有了她的臉。

我用最快的速度爬起來，撲向欄杆邊。

在我的腳下，二十幾米外的距離。

杜卓雯躺在地上。

「讓執行者完成一個錯誤的預言。」

我明白了，我明白了這句話的意思。

我沒有見證和製造劉森的死亡，但是，我見證和製造了杜卓雯的死亡。

這，就是執行者完成一個錯誤的預言！

結束了，一切都結束了。

我變得冷漠，對死亡的冷漠，這不是對生命蔑視，這是對曾經懷著敬畏之心，現在已經千瘡百孔的靈魂的放縱。

我看著杜卓雯的身體，現在，應該已經變成屍體了吧。

周圍驚慌失措的人群瘋狂地散開，然後，又慢慢試探性地聚攏。

我可以確定，此刻的我，臉上沒有任何表情。

沒有恐懼，沒有悲傷，沒有如釋重負，什麼都沒有。

我殺人了，我又殺人了。

我殺了一個本不該死在我手上的人。

我從天臺的出口離開，穩穩地邁著步子，順著忙亂的人流，穩穩地走著。

我像一個異類，安靜地走在嘈雜的人流裡。

走出這幢大樓，杜卓雯已經被人群圍得水泄不通，我從人群的縫隙中看到，紅色的液體已經清晰可見。

尖叫聲此起彼伏，有幾個醫生正在忙碌著。

「記住，人生的最後時刻，總是最美好的。」

這是杜卓雯生命中的最後一句話，很榮幸，這句話只有我一個人聽見了。

原本已經做好死亡準備的我，無意中又活了下來。我不想這樣，我不想在見證了死亡之後，還繼續在這個世界上苟延殘喘。我在不停地製造死亡，見證死亡，又在不停地一次次和死亡擦肩而過，我享受著活著的考驗，享受著活著的折磨。

我把慌亂的人群和杜卓雯拋在身後，朝醫院的出口，穩穩地走去。

途中，路過了一個小噴泉。

我停住了。

多麼朝氣蓬勃的噴泉，它非常小，每天都有無數的人從它身邊路過，又有幾個人像我這樣停下來欣賞過它？沒有，一定沒有。它的存在，只是為了被忽略。

多麼富有生氣又是多麼悲哀。

我拿出手機，把它扔進了噴泉裡。

我想告訴它。

在這個世界上，曾經有人欣賞過它、注意過它、同情過它。

如果小沫給我打電話，就讓它幫我接吧。

告訴小沫，我曾經在這個世界上存在過。

我攔下一輛出租車，徑直回到家裡。下車時，我把錢包扔在了後座，如果司機能發現，就當是一個小禮物吧。

在這一刻，我做了一個決定，一個一直以來都在我心裡，從不曾消失的決定。

第十四章

我不知道活著
是一種美好還是一種卑微。

回憶我的一生，我愛過、恨過、迷惘過也彷徨過。但是，我不能否認，我的一生是精彩的一生。我和不同時空的人對話，我和穿越了生死的人對話。我親手創造了死亡，親眼見證了死亡，現在，我已經失去了活下去的勇氣和渴望。

我不知道活著是一種美好還是一種卑微。

我做出了人生中最後一個決定，那就是，我要離開這個世界，離開這個已經被我徹底玷污的世界。

秦曲會在地獄的那端等我，倪輕也會，杜卓雯也會。

至於倪羽……

我希望在地獄重逢時，可以和他好好聊聊。

面對死亡真的是一件需要無畏精神的事情，它不允許多做考慮，也不曾賜予充分的時間去逐一告別。我將用最無聲的方式來證明我的勇氣。

我想要對小沫說點什麼，也許現在，她和我只有一牆之隔。不過，我知道自己一定不會那樣去做，因為，也許只是那一眼，就會讓我放棄追求死亡的快樂而繼續卑劣地活下去。

我要把所有的都記錄下來，存在我的電腦裡。小沫會打開電腦，會認真地看完我記錄下的每一個字，我要用最含蓄的方式向她表達。

生命的開始和終結。

都會有一個共同的原因。

那就是愛。

回到家，我直接走進書房，打開了電腦，開始記錄。

我把事情的真相，留在這十幾萬字的最後。我輕輕敲擊著鍵盤，我喜歡這個時刻，房間裡很寧靜，鍵盤發出的脆響不僅沒有破壞這種寧靜，反倒顯得悅耳動聽。

書房外，牆上那張小沫的遺像，應該還照常看著我吧。

在我的隔壁，小沫是否已經回來了。

我不得而知。

她的傷口還在隱隱作痛嗎？

我不得而知。

我已經筋疲力盡了，我用最簡單的文字，記錄下所有的一切，記錄下最後的畫面，也記錄下我最後的決定。

我相信，打開電腦，看到這些文字的第一個人。

一定就是小沫。

而那時的她，會是什麼心態？什麼表情？

我不得而知。

她會流淚嗎？

我可以確定，她，一定會。

我在鍵盤上敲下最後一段話。

我即將離開這個世界，我將選擇和杜卓雯一樣的方式。對於我來說，這才是真正的解脫，請原諒我沒有用詳盡的文字記錄下生命最後一天中發生的事情，我太累了。在我完成解脫之前，我還要做最後一件事。我要把自己放在黑暗裡，放在這個黑暗的房間裡，只留了一盞燈，這盞燈的光束，直直地射在原本掛著畫，現在已經變成了小沫照片的地方，除了這束光，房間裡再也沒有其他的光源了。不是因為我喜歡黑暗，而是為了可以更加專注地看著小沫的照片，摒棄所有的干擾，只看著小沫的照片。

結束了，一切都結束了。

我將迴歸天空。

我將徹底離開……

第十五章

我，
是小沫。

我，是劉小沫。

他死了，跳樓自殺。

在他死後，我打開了他的電腦，看完了這段故事。

司徒磊說的沒錯，他的病，根本就無法治愈，如果不是因為我的堅持，也許，他還可以活下去。

他的人生，不僅僅只有這一個故事，他已經永遠地離開了我，而他在生命的最後時刻，記錄下了這個故事。

其實……

這是一個被謊言交織，卻沒有陰謀的故事。

在他的文字裡，提到了無數次的陰謀詭計、迷局泥沼，可是，我又怎麼能讓他知道，發生的所有，都源自一場善意的謊言。

我沒有辦法，只能把謊言一個接一個地編織下去。

因為，他，早已經不是他。

司徒磊說。

他，已經人格分裂到無法挽救的地步。

人格分裂！

沒錯，就是人格分裂。

沒有可能治愈，也無法預計的人格分裂。

杜姨用了一個名叫「悖時間」的謊言掩蓋著時間的錯位，我，可以用危及生命的冒險撫平空間的扭轉。

到最後，悲劇，還是在一次又一次地上演。

他死了，用他自己幻想過無數次的方式死去。用最後的一點力量，把他經歷的故事，全部告訴了我。

現在。

不知道他願不願意，我還是想把這個故事寫完，把真相寫完。

我想了很久，應該從哪裡開始，想來想去，就從秦曲開始吧，畢竟，故事，是從那開始的。

從這裡開始，往後的文字當中，我將用「我的丈夫」這個詞來代替王梓屹的名字。

好了，故事，正式開始吧。

秦曲的死不能說是一個意外，他的出現就注定了這樣的下場。

至今為止，我仍然無法確定秦曲的真實身分，我問過我的父親，他沒有正面回答我，也許是杜姨的死讓他沒有辦法走出陰影，也許是秦曲的真實身分連他自己也不知道，不管是什麼原因，我現在只能說，秦曲的身分，必定永遠是個謎。

真正殺死秦曲的人，就是我的丈夫。殺了秦曲兩次，第一次，沒有成功，是我阻止了他，也是我在他的身後打暈了他。在那以後，我和我的父親、杜姨，包括秦曲一起商量了一個辦法，我們欺騙了我的丈夫，告訴他那只是一場夢，其實，那是他人格分裂之後所做的事情。他沒有辦法相信那是一場夢，也沒有辦法控制自己的人格分裂，終於，在第二次，也就是在我們的面前，再次把匕首刺進了秦曲的胸膛。

秦曲沒有告發我的丈夫，他自己撐著最後一口氣找到了林晉，我知道，他想用這樣的方式來證明我的丈夫並不是殺人凶手。我感謝秦曲，我也不知道是什麼力量讓秦曲可以為殺死自己的凶手開脫罪名。就和秦曲的真實身分一樣，終將是個謎。

至於秦曲所說的那幅畫的故事，之所以他會說出兩個版本，也是我和秦曲商量之後的結果，我希望可以通過這樣的反差刺激，讓我的丈夫可以控制他的人格分裂，沒想到，事情卻從那一刻起，走向了另一個相反的方向。

我相信秦曲所說的第一個版本，我也相信他和那幅畫一定有著千絲萬縷的關係，不過，現在已經無關緊要了。

至於倪輕，應該是這件事中唯一的無辜者。我們希望可以由她送我的丈夫去刑警隊，我們都想到，在看到秦曲屍體的那一刻，我的丈夫一定會受不了這樣的刺激，一定會人格分裂，所以，我們選擇了唯一一個和他沒有交集的人來完成這次護送。沒想到，倪輕竟然會因此而送了命。

殺死倪輕的人，還是我的丈夫。

殺了倪輕之後，他昏迷了，當我們發現他時，倪輕的屍體讓我們大家都大吃一驚。無奈之下，我們只能繼續編織著謊言，他昏迷了一整天，我們就順水推舟地抹掉了那一整天。

那幅畫被秦曲撕毀了，借著這個機會，杜姨換了一張我的照片掛在牆上，並且，故意做成遺像的樣子。她說，這樣可以給我的丈夫植入一個潛意識，讓他認為我已經死了，那麼，他分裂的人格就不會再傷害我。

結果，我住進醫院不是因為車禍，而是被我的丈夫打暈，原本以為，我也會死在那一天，沒想到，我活了下來。

在醫院的那天，杜姨已經沒有辦法再讓這樣的危險發生在我們身邊了，她說。

「如果再這樣下去，下一個死的人，不是我就是劉森了。」

杜姨不會允許我的丈夫傷害我或是我的父親。她必須要做一個決定。

我在他們的安排之下，被強行帶離醫院，杜姨決定留下來，和我的丈夫做最後一次談話，如果可能，杜姨要勸他去自首或者離開我們，如果不成功，杜姨就把所有事情全部告訴林晉。

沒想到，那天死去的人，就是杜姨。

最後說說倪羽吧。我不知道這個名字是怎麼出現在這個故事當中，或許，還是應該稱之為 X 更為準確。我想，那不是人，也不是鬼，那只是我的丈夫分裂出的、最沒有攻擊性的一個人格而已。

事情，就是這樣。

我現在正坐在我的丈夫生前坐過的地方，我不知道這個故事會不會被流傳下去，如果，有一天，這個故事被公之於眾，那麼，我想懇請每一位看見這個故事的人，原諒我們偷生於世的方式。

我把故事的真相完成，用我的方式、我的理解、最簡單的語言，只是想告訴可能會讀到這個故事的人。

我的丈夫，並不是一個靠著奪取別人的生命而活下去的人。

好了，我想說的只有這麼多。

我撫摸著每一處留有他氣息的地方，我也學著他的樣子，坐在他最喜歡的位置，看著我的照片。

我好像明白了，在這一刻，我才可以真正體會到他心裡所想的事情，我不會用文字把這些事情記錄下來，因為，那是只屬於我和他的秘密。

那幅畫消失了。

我的丈夫消失了。

我……

那個詛咒，還在繼續。

我和我的丈夫，沒有辦法在人間辦一場被所有人祝福的婚禮。

可是，我一定有辦法讓我和他，成為真正的夫妻。

他說過。

生命的開始和終結。

都會有一個共同的原因。

那就是愛。

我完成了我最後的使命，完成了這個被稱為「迷局」的故事，我和他一起生活過的故事。

現在，故事結束了。

我，

應該去完成那個詛咒。

這就是宿命。

我，必須認命。

編後記

與王哥失去聯繫大半年後，我的郵箱裡突然收到了一份陌生地址發來的稿件。看到稿件首頁「迷局——謀殺時間」幾個字，我便心頭一緊，莫名產生了一種不好的預感。我與王哥上一次通話還是在七個月前，他告訴我第三部書稿將會於四個月後交稿。但兩個月後，我打電話給王哥詢問書稿進度時，得到的回復竟然是「你打錯了」，之後我便以這種無稽的方式與我編輯生涯中最熟悉的作者失去了聯繫。我不知道這種預感是源自編輯對作品的敏感還是女人的第六感，總之就是不祥。這個王哥確實越來越神祕，在前兩部小說的寫作過程中我總會不時接到他的電話，他在電話中一遍遍給我解釋那些難以置信的故事情節，深怕我因對故事情節體會不到位而在編輯過程中曲解他的本意。而第三部書稿，我所知道的只是這部書稿會在今年交稿。我想，以王哥嚴謹的性格和對這部作品的重視程度，他不聯繫我斷不會是因為他信任我，即使我們已經在出版前兩部作品的過程中建立了默契，但這還遠不能讓他對我有如此信任。

後來，事實證明，我的預感是對的。

我用一天一夜的時間讀完了書稿，不是以編輯的角度，而是以讀者的角度，或者說，是以朋友的角度。前兩部小說的故事留下了太多懸念，而王哥本身則是更大的懸念，我急於從這部書稿中找到答案。可能大多數的讀者和我一樣，越是想從書中找到答案就越是困惑，越是氣急敗壞，死了的人並沒有死，發生了的事情並沒有發生……這是什麼「鬼」故事。書稿的結尾以劉小沫的口吻描寫的情節是真的還是故弄玄虛呢？故事簡直混亂到讓人崩潰。第二天一早，我便不停地撥打王哥的電話，但它始終處於關機狀態。所有的留言都無人回復。

這讓我不好的預感變得更加強烈。我抱著最後的希望，向來稿的陌生郵箱回復了一封郵件，郵件中只有5個字：「王哥，是你嗎？」欣慰的是我收到了回信；不幸的是，我得到了王哥真的已經於三個月前去世的噩耗。回信的是劉小沫，她的回信解開了我心中所有的謎團。那些違反邏輯的故事是王哥在罹患精神分裂症後記錄下來的，那時他已經深陷謎團無法自拔。在王哥去世後，小沫無意中發現了他未完成的書稿，為了完成王哥的願望，她放下所有的悲痛將王哥未寫完的故事記錄完整。

從悲傷的情緒中緩過神來，並不是一件容易的事。我想起與王哥的第一次見面，我們一起吃火鍋，當他第一次講述他親歷的光怪陸離的故事並且表示希望這些故事能夠正式出版時，我驚掉了嘴裡的千層肚。雖然只有一面之緣，但是這兩部書稿的出版工作足以讓我們建立親密的友誼。這個帶著神祕色彩的大男孩，把我帶進了一個難以置信的故事，不，應該叫做「迷局」。我決定除了修改錯別字以外，完全保留這部作品的原貌，幫王哥完成他的遺願，讓這個故事流傳下去。

李　筱

國家圖書館出版品預行編目（CIP）資料

迷局：謀殺時間 / 王梓屹 著. -- 第一版.
-- 臺北市：財經錢線文化, 2019.10
面； 公分
POD版

ISBN 978-957-680-353-6(平裝)

857.81 108016332

書　　名：迷局：謀殺時間
作　　者：王梓屹 著
發 行 人：黃振庭
出 版 者：財經錢線文化事業有限公司
發 行 者：財經錢線文化事業有限公司
E-mail：sonbookservice@gmail.com
粉 絲 頁：　　網 址：
地　　址：台北市中正區重慶南路一段六十一號八樓 815 室
8F.-815, No.61, Sec. 1, Chongqing S. Rd., Zhongzheng Dist., Taipei City 100, Taiwan (R.O.C.)
電　　話：(02)2370-3310 傳　真：(02) 2370-3210
總 經 銷：紅螞蟻圖書有限公司
地　　址：台北市內湖區舊宗路二段 121 巷 19 號
電　　話 :02-2795-3656 傳真 :02-2795-4100　　網址：
印　　刷：京峯彩色印刷有限公司（京峰數位）

定　　價：320元
發行日期：2019 年 10 月第一版
◎ 本書以 POD 印製發行